著／紅原　香
原案・監修／#コンパス 戦闘摂理解析システム

#コンパス 戦闘摂理解析システム　糸廻輪廻、虚々実々

蜘蛛と蜥蜴の不協和音《ディスコード》

Kumo-to
Tokage-no
Discord

彼を殺したら
私があなたを撃ちます
義ご
千《ち》切《ぎり》常《と》影《かげ》
蜘蛛縫組相談役。組員からは「叔父貴」と呼ばれる。端整な顔立ちに柔らかな物腰だが、素性不明の謎の男。組長の正太郎は常影の正体を知っているようだが……？

義侠任侠
理人情。く
らない、妄想
だ。
糸《いと》廻《めぐり》輪《りん》廻《ね》
蜘蛛縫組若頭。組員からは「カシラ」と呼ばれる。「義理人情」などの極道精神は嫌いだが、正太郎のことは「親父」と呼び尊敬している。行動原理は蜘蛛縫組、そして「お嬢」のためになるかどうかがすべて。
イラスト/マノ

あれはね
蜥蜴なんだよ
蜘《く》蛛《も》縫《ぬい》正《しょう》太《た》郎《ろう》
義理人情を重んじる蜘蛛縫組三代目組長。常影を相談役に抜擢した。
さすがカシラ！
万《ま》亀《き》川《がわ》伊《い》鶴《づる》
輪廻を慕う舎弟その一。
虎《こ》山《やま》龍《りゅう》斗《と》
輪廻を慕う舎弟その三。
蛇ノ目《じゃのめ》かえる
輪廻を慕う舎弟その二。

#コンパス 戦闘摂理解析システム　糸廻輪廻、虚々実々

蜘蛛と蜥蜴の不協和音《デイスコード》

著／紅原　香

原案・監修／#コンパス 戦闘摂理解析システム

24122

角川ビーンズ文庫

目次

本文イラスト／マノ

プロローグ

「クッフッフ、いい月ですねえ」

違法《いほう》建築スレスレのプレハブが立ち並ぶ狭《せま》い路地裏を、サングラスをかけた長身の男がカランコロンと下駄を鳴らして闊歩《かっぽ》する。薄《うす》い雲がヴェールのようにかかった朧月《おぼろづき》。こんな月が出ている夜はのんびりと散歩するのにふさわしい。

とはいえ本当に散歩しているわけではなく、彼には見回りという重要な役目があるのだが。

血のように真っ赤なシャツに、黒いベスト。肩《かた》にかけたジャケットを翻《ひるがえ》すと、蜘蛛《くも》を模した刺繍《ししゅう》が施《ほどこ》された裏地があらわになる。

さらに蜘蛛を想起させる髪型《かみがた》に、こめかみから刈《か》り上げ部分にかけて彫《ほ》られた蜘蛛の巣《す》を模した刺青《いれずみ》。シャツの袖口《そでぐち》やズボンのすそにも、蜘蛛の模様が入っている。どこをとっても蜘蛛ずくめのこの男の名は、糸廻輪廻《いとめぐりりんね》。蜘蛛縫組《くもぬいぐみ》の若頭を務めている。

シマの見回りなど若衆に任せておけばいいのだが、たまには自分が出るのもいいだろうと、役目を買って出たのだ。

しかしあくびが出るほどに平和だ。これも、この玉繭《たままゆ》地区一帯を仕切っている蜘蛛縫組組長、蜘蛛縫正太郎《しょうたろう》の手腕《しゅわん》があってこそ。

若頭を務める輪廻の立場としてはこの平穏《へいおん》を喜ぶべきなのだが、どうにも退屈《たいくつ》で仕方がない。

「このままでは立ったまま寝《ね》てしまいそうです。何かドカンと目が覚めるような事件は起きませんかねえ」

物騒《ぶっそう》につぶやきながら、路地裏から繁華《はんか》街《がい》へ出ようとする。その時だった。

色白で痩《や》せ型、黒髪《くろかみ》の気弱そうな青年が、いかにもといった風体の男たちに囲まれて歩いているのが見えた。長い前髪の隙間《すきま》から、落ち着きなく視線をさまよわせている。まるで誰《だれ》かに助けを求めているようだ。

(おやおや)

思わず輪廻の唇《くちびる》に苦笑が浮《う》かぶ。青年の様子から察するに、おそらくこれから男たちに言いがかりをつけられて、何かしらの脅迫《きょうはく》を受けるのだろう。

ここが蜘蛛縫組のシマと知っての狼藉《ろうぜき》だろうか。これはきっちりと躾《しつけ》をせねばなるまい。さぁどんな躾をしようかと考えているだけで高揚《こうよう》し、胸が熱くなる。

しかし、今出ていくのは時期尚早《しょうそう》だ。100%とまでは言わずとも99・999%くらいは相手に非がある状態で出て行き、鉄槌《てっつい》を下さなくては意味がない。その方が完膚《かんぷ》無きまでに叩《たた》きのめす醍醐味《だいごみ》が増すというもの。ああ、加虐心《かぎゃく》が疼《うず》いて仕方ない。

輪廻は舌なめずりをし、はめている黒い手袋を整えて静かに時が満ちるのを待つ。

一メートルもないほどの近距離《きんきょり》で輪廻が必死に昂《たか》ぶりを抑《おさ》えているなどと知る由もないチンピラどもは、近くに停《と》めていたワンボックスカーに青年を押し込めてドアを閉めた。

しばらく様子をうかがっていると、チンピラどもが青年を挟《はさ》んで代わる代わる猫《ねこ》なで声で何かを諭《さと》しているようだ。彼らに距離を詰《つ》められ、青年はどんどん背中を丸めて身をすくめる。そろそろ頃合《ころあ》いだろうか。

輪廻はすかさず車へ近づき、コツコツと窓を叩いた。

「すみません、路上駐車《ちゅうしゃ》はご遠慮《えんりょ》願えませんか？」

サイドウィンドウがゆっくりと開き、手前に座っているスキンヘッドの男がにらみを利《き》かせる。

「あんだ？　テメェは」

「玉繭地区浄化《じょうか》委員会のものです。こちらに停められますと、通行の妨《さまた》げになってしまいますので、即刻《そっこく》移動をお願いいたします」

「知るか、そんなモン」

「まぁ、そうおっしゃらずに。私も仕事なので、こんなことは言いたくないのですが。注意に従わない場合、強制退去手続きに移らせていただきます」

愛想笑いを浮かべる輪廻の胸ぐらを、スキンヘッドの男が手を伸《の》ばしてひっつかむ。

「だーれが浄化委員会だって？　ふざけた格好してるくせにホラ吹《ふ》いてんじゃねーよ。顔に蜘蛛の刺青なんか入れやがって」

「やれやれ……人を見た目で判断するのはよくありませんね。こう見えて、私は人畜無害《じんちくむがい》な一般《いっぱん》市民かもしれませんよ？」

輪廻が肩をすくめてため息をつくと、スキンヘッドの男が額がつくほどに顔を近づけ、低い声で凄《すご》んでみせた。

「こっちは大事な商売の話してんだよ。一般市民はすっこんでろ」

「ああ、怖《こわ》い怖い！　アヤをつけないでくださいよ」

輪廻が両手を上げて飛び退くと、胸ぐらを掴《つか》んでいたスキンヘッドの男が引きずられ、わずかに開いたウィンドウの隙間に頭を挟まれてしまった。

「ぎゃっ！　テメェ……！」

「これは申しわけありません。あなたの顔があまりにも恐《おそ》ろしくてつい」

「ッざけてんじゃねーぞコラ！」

スキンヘッドの男がドアを開けて飛び出し、輪廻のみぞおちめがけて拳《こぶし》を繰《く》り出す。

輪廻はそれをひらりと躱《かわ》し、男の背中を思いっきり蹴《け》り上げた。

「ぐあッ……！」

スキンヘッドの男が無様に地面へ倒《たお》れ込む。様子を見ていた他の男たちが一斉《いっせい》に色めき立った。

「おいこら、一般市民。調子に乗るなよ」

アロハシャツの男が肩をいからせて車から降りてきた。

「そちらから仕掛《しか》けてきたので、正当防衛だと思うのですが」

輪廻がひらひらと手を振《ふ》ってみせると、アロハシャツの男がポケットに手を入れたままゆっくりと近づいてくる。

「こういう時に屁理屈《へりくつ》ばっかりこねてる奴《やつ》はなァ、長生きできねーぞ」

男がポケットから手を出した瞬間《しゅんかん》、輪廻が男の手首をつかんでひねりあげた。

男が握《にぎ》っていたナイフが手のひらから落ち、乾《かわ》いた音をたててアスファルトの上へと落ちる。

「な……っ」

「おやおや、物騒なものをお持ちで」

「放せやコラァ！」

「浄化委員として、このような危険物の所持は見過ごせませんね。没収《ぼっしゅう》いたします」

輪廻が背中を丸めると、アロハシャツの男の体が、ふわりと宙に浮く。そのまま男は路上へと叩きつけられた。

身を屈《かが》めて落ちたナイフを拾い上げると、

「……馬鹿《ばか》にしやがって。てめえにはきついお仕置きが必要なようだな」

四方を囲まれ、お仲間らしき男たちが輪廻へ向けて銃《じゅう》を構えている。

「おや、これは困りました。万事休すですね」

輪廻が困ったように眉《まゆ》をひそめてみせる。しかしその口元には喜びが滲《にじ》んでいた。


「ヒ……ッ、あ……があッ……」

数分後、男たちは全員血だらけで地面に転がされていた。皆《みな》カエルのように両脚《りょうあし》をだらしなく開き、ピクピクと痙攣《けいれん》している。

「口ほどにもない。もっと楽しめると思ったのに残念です」

アロハシャツの男の前へしゃがんで顎《あご》を片手で持ち上げると、輪廻はつまらなそうに唇をとがらせた。

「しょうがないので記念撮影《さつえい》でもしときましょうか、はい、笑って〜」

スマホを掲《かか》げ、鼻と口から血を垂らした男の唇を引っ張り笑顔を作らせる。泣き笑いみたいな男の顔が輪廻のスマホに収められた。

「頼《たの》む……ころさ、ないで……」

「おやおや、先ほどまでの威勢《いせい》はどうしたんです？　うちのシマで生きて帰れると思わないでください」

「ヒ……ッ、あ……があッ……。何が一般市民だ……スジモンなら初めからそう言いやがれ……」

「私は、一般市民かもしれないと申し上げただけですよ？　それで、カタギさんを脅《おど》して一体何をするつもりだったんです？」

輪廻が男の顎を持ち上げて顔を近づけると、男はガタガタ震《ふる》えだした。

「ただの売人叩きだよ！　一鶴組《いっかくぐみ》のカシラに頼まれて……てゆうか、アンタらのシマを荒《あ》らしてるのはアイツらなんだからな！」

アロハシャツの男は唾《つば》を飛ばして、言い訳がましく早口で答える。一刻も早くこの場から逃《のが》れたいのだろう。

「お金目当てですか？　なんと浅ましい」

「ちげえよ！　アイツら、一鶴組のシマで売人やってっから、どこが元締《もとじ》めか吐《は》かせろって……」

輪廻は素早く考えをめぐらせる。一鶴組。弱小の三次組織で、恐喝《きょうかつ》や詐欺《さぎ》、ドラッグ密売などのセコいシノギで日銭を稼《かせ》いでいると聞いた。

要するに、シマで密売を行っている素人《しろうと》売人を商売敵《がたき》と認定し、排除《はいじょ》しようとしたのだろう。あまりに底が浅すぎる。

「……はあ。興が醒《さ》めました。もう結構ですよ」

立ち上がり、男の頭を思いっきりつま先で蹴飛ばす。哀《あわ》れな男は「グアッ」と呻《うめ》きそのまま気を失った。

そのまま立ち去ろうとすると、

「待ってください！」

と、声をかけられる。

立ち止まり、うざったいと思いつつ振り向くと、男たちに脅されていた気弱そうな青年が駆《か》け寄《よ》ってきた。

「何か御用《ごよう》でしょうか？」

「助けてくださって、ありがとうございます！」

青年が輪廻の手を取り、力一杯《ちからいっぱい》握《にぎ》りしめる。

怯《おび》えて逃《に》げられるならいざ知らず、まさか感謝されるとは。

ともかく、カタギと関わるのは面倒《めんどう》だ。穏便《おんびん》にこの場を収めてさっさと退散したい。

「礼には及《およ》びませんよ」

愛想笑いを浮《う》かべて、それとなく手を離そうとする。すると、青年は逃すまいとさらに強く握り締《し》めてきた。

「やっぱり【先生】の言うとおりだったんですね。真面目《まじめ》に頑張《がんば》っていれば、困ったときにきっと誰《だれ》かが手を差《さ》し伸べてくれるって」

青年は目を輝《かがや》かせて熱っぽく語った。

【先生】とやらが何者なのか知らないが、頭がお花畑すぎて胸やけがしそうだ。そもそもドラッグの密売に手を染めておいて、真面目も何もあったもんじゃない。

しかしカタギ相手に荒《あら》っぽい真似《まね》はできないしどうしたものか。どうにかこの手を振り払《はら》えないかと考えていると、青年が持っていた紙袋《かみぶくろ》を輪廻へ押し付けた。

「これ、お礼です。ぜひ受け取ってください」

青年はニコニコと笑い、そのまま走り去った。

「……お礼なんてもらったのは、初めてですね」

一応中身を確かめようと紙袋を開けると、ウサギの形のクッキーが出てきた。

「これはなんと可愛らしいウサちゃん！」

輪廻の顔がパッと華《はな》やいだ。クッキーを取り出し、クンクンと匂《にお》いを嗅《か》ぐ。

ミルクのような甘ったるい香《かお》りは、嫌《きら》いではない。だが――

「ウサちゃんにはふさわしくない香りですねぇ……ですがご厚意ありがたく頂戴《ちょうだい》しますよ」

クッキーが入った紙袋を丁寧《ていねい》に折り曲げてジャケットの胸ポケットにしまい、下駄を鳴らして足取り軽く歩き始める。

「さて、見回りを続けましょうか。玉繭地区浄化《じょうか》作戦続行です」

第一章

かつては都内有数の歓楽街《かんらくがい》であり、興行の場としても賑《にぎ》わいを見せた玉繭地区。

今では閑静《かんせい》な住宅街となったその一角に、蜘蛛縫組の屋敷《やしき》はひっそりと建っていた。

一見こぢんまりとした日本家屋だが、そこかしこに監視《かんし》カメラが付いていて、ものものしい空気が漂《ただよ》っている。輪廻は古びているがよく磨《みが》かれた床《ゆか》を音もなく歩き、部屋の前で立ち止まると引き戸を開けた。

「ただ今戻《もど》りました」

「おかえり。ずいぶんと遅《おそ》かったじゃないか」

襖《ふすま》を開けると、部屋には和服を粋《いき》に着こなした黒髪《くろかみ》の利発そうな少年——と見まごうばかりの風貌《ふうぼう》をした男がゆったりと座っている。

その横には、艶《つや》やかな髪を結い上げた着物姿の美しい女が寄り添《そ》っていた。

男は蜘蛛縫組三代目組長、蜘蛛縫正太郎。女はその妻の紬《つむぎ》である。

先代までは他団体との抗争《こうそう》に明け暮れるような血気盛んな組であったが、正太郎が組長に就任してからは方針を一変。売られた喧嘩《けんか》は買うが、仕掛《しか》けることはしない。地域との交流を密に図り、穏健《おんけん》派に徹《てつ》するようになった。さらに上下関係にもさほど厳しくなく、たとえ使いっ走りの若衆の意見にも耳を傾《かたむ》けるほどだ。

そして、都内に事務所を構える三大組織と連携《れんけい》し、五組長会議という連合を成立させた。これは東日本に属する極道一家の和平を結ぶため、管轄《かんかつ》地域で起こった問題を話し合い、解決する組織である。

薬物や武器の密輸などに手を出すことを一切禁じたが、組の経営は傾くことなくむしろ安定している。

フロント企業で収入を得ているという話だが、噂《うわさ》によると都内の一等地にいくつか土地を所有しており、それらを他の組に貸すことで賃料を得ているのではないかと囁《ささや》かれている。

正太郎の容姿は、輪廻が十数年前に出逢《であ》った頃《ころ》からまったく変わらない。それどころかみずみずしさを増しているような気さえする。

ともかく、全てにおいて謎《なぞ》に包まれているこの組長に、輪廻はこの上なく畏敬の念を抱いていた。

「少々、小バエ退治をしておりまして。最近暑くなったせいか、あちらこちらで湧くようになって困りますね」

輪廻がいかにも汚《けが》らわしそうに、自分のスーツの肩を手のひらで払った。

「お前の【能力】の面目躍如《めんもくやくじょ》じゃないか」

正太郎が目を細めて笑う。

――この世界には二種類の人間がいる。【能力】を持つ者と持たざる者。

いつから【能力】を持つ人間が現れるようになったかは、定かではない。遺伝性はなく突然変異《とつぜんへんい》だと言われている。

多くは思春期を境に【能力】が発顕《はつげん》すると言われているが、もちろん例外もあり、幼い頃から発揮する者もいる。【能力】の種類は多種多様で、分類が難しい。現在では一定の研究が進み、【能力】は生まれ持った特性のひとつとして受け入れられつつある。輪廻はその中のひとりなのであった。

「消毒は定期的に行っているつもりなんだけどねえ、自然《しぜん》の摂理《せつり》ってやつか」

正太郎が煙管《キセル》をトンとやる。

「カタギさんが、クスリ売りをやるようになってしまいましたからねえ。最近はSNSでの取り引きが一般《いっぱん》的なようですし」

「そっちも頭が痛いところだね。カタギとはいえ、ウチのシマでクスリは御法度《ごはっと》だから」

「ええ。そちらもなんとかしないといけないのですが――カタギさんにたかる小バエの方が、どうも匂うんですよねえ」

輪廻はクンクンと鼻を鳴らしてみせた。

ここのところ、蜘蛛縫組のシマで素人売人《しろうと》を脅迫《きょうはく》し、金を巻き上げる――いわゆる売人叩《たた》きが急増している。

というのも、この数ヶ月で素人売人の数が倍増しているのだ。しかも学生や会社員など、この世界とは無縁《むえん》そうな人間ばかり。

トラブルの種になりかねないため、蜘蛛縫組でも若衆による見回りを増やして、声かけを行っている。

しかし遠回しに注意するとおとなしく立ち去るが、数日後にまた同じ場所に戻って素知らぬ顔で密売を続けるのだ。

この世界の人間が相手であれば話は簡単なのだが、カタギに手を出すわけにはいかないので、ほとほと困り果てているというわけである。

「五組長会議でも議題に上っていたね。他のシマでも同様の事件が多発していると」

正太郎が座卓《ざたく》の上に肘《ひじ》をついて手を組み、重々しく言った。

――五組長会議とは、隣接《りんせつ》するエリアにある、五つの組で結んだ協定である。

・武器の買い付けの承認制度
・武力行使前の通達の義務
・商業独占《どくせん》の禁止

蜘蛛縫組の先代組長没後《ぼつご》、現組長である正太郎の提案により締結《ていけつ》した。実質的な和平協定と言っても過言ではない。多大な影響力《えいきょう》を持つ五つの組が協定を結んだことにより、抗争に明け暮れていた東日本の裏社会に、ひとときの平和が訪れたのである。

その五組長会議で議題に上るとは。想像以上に事態は深刻なようだ。

「一鶴組のやったことは許しがたいが——それだけ彼らも困窮《こんきゅう》しているんだろう。もしかしたらこの件には、何か裏があるのかもしれないね。輪廻、ひとつ動いてくれないか？」

「親父《おやじ》の言いつけなら、何なりと」

輪廻は胸に手を当て、大仰《おおぎょう》に答えてみせた。おそらく、正太郎はこの事件を単なる三次組織と素人売人の小競り合いだとは考えていないのだろう。売人のバックについているのは半グレか、それとも海外マフィアか。どちらにせよ面白いことになりそうだ。どうやって彼らを締《し》め上げようかと早速脳内でプランを練っていると、

「失礼します」

よく通る男の声に、冷や水を浴びせられる。横目で板の間の方を見ると、紺色のシャツに深いブルーのネクタイを締め、真っ白なスーツを身に纏《まと》った銀髪《ぎんぱつ》の端整《たんせい》な顔立ちの男が、背筋を伸《の》ばして正座をしていた。

「ああ千切《ちぎり》、急に呼び出してすまないね」

「いえ、とんでもないです」

上機嫌《じょうきげん》だった輪廻のテンションがみるみるうちに下がっていく。この男をわざわざ呼び

つけるとは。嫌《いや》な予感がする。

――男の名は千切常影《とかげ》。先代組長の頃にふらりとやってきた男だ。ずっと下っ端《したっぱ》として働いていたのだが、正太郎が組長になってからいきなりの相談役待遇《たいぐう》。素性も組へ来た経緯《けいい》も不明。

どこの馬の骨とも分からない人間をなぜ相談役に？　と組内が騒然《そうぜん》としたものだ。輪廻たち執行部《しっこうぶ》に属する組員と違《ちが》い、相談役は名誉《めいよ》職の意味合いが大きく、杯《さかずき》を交わさずとも就くことができる。この役職には組長以上に顔が広い、重鎮《じゅうちん》クラスの人間が収まるのが定石だ。ある意味、組の社交を担っているとも言える。

それをどこからともなく現れた風来坊《ふうらいぼう》に奪《うば》われたのだから、組員たちのヘイトも溜《た》まるというもの。

不満をあからさまに正太郎にぶつける幹部もいたが、正太郎は「たまにはこういうのも面白いだろう？」と微笑《ほほえ》むばかりだった。

（親父の気まぐれだけとは、思えないんですよねえ）

正太郎のことだから全て織り込み済みなのだろうが、輪廻としては面白くない。そういうわけで密かに失脚《しっきゃく》を願っている相手なのだった。

そしてこの男を呼びつけたということは――

「輪廻。今回は千切と一緒《いっしょ》に動いてほしい」

ああ、やっぱり。

予感的中。最悪だ。どうしてよりによって、親父はこの男を相棒につけようと思ったのか。心の中で思いっきり舌打ちをするが、正太郎の手前、笑顔を作って快く応じる。

「叔父貴《おじき》と一緒なら心強いですねえ。不束者《ふつつかもの》ですが、どうぞよろしくお願いします」

「こちらこそ。精一杯《せいいっぱい》お力添《ちからぞ》えいたします」

千切は口元だけで微笑み、穏《おだ》やかに応じた。

「ふたりとも、普段《ふだん》はなかなか交流がないだろう？　これを機に親しくなってくれると、僕としてもうれしい」

「それはもう。仲良くしてくださいね、叔父貴」

「ええ、こちらこそ」

千切が立ち上がり、丁寧《ていねい》に頭を下げる。その態度に媚《こ》びを感じ、輪廻は内心辟易《へきえき》する。

「では、早速昨日の現場へ叔父貴を案内して来ます。叔父貴、参りましょう」

「ええ。少し準備があるので待っていてもらえますか？　すぐに行きますので」

「もちろんです。では玄関《げんかん》口でお待ちしています」

正太郎へ一礼し、ふたりは部屋を出た。

「……本当に、常影ちゃんと輪廻ちゃんを一緒にしちゃったのねえ」

ふたりが出て行った後、紬が正太郎の肩《かた》へ甘えるようにもたれかかった。

「あのふたりには、組の柱になってもらいたいからねえ。今のうちに親交を深めてほしいんだよ」

「ふふ、そうね。きっとあの子たち、気が合うわよ」

紬が正太郎を見上げ、くすくすと笑った。

「カシラ！　お出かけですか⁉」

「自分たちもお供します！」

玄関先《げんかんさき》へ出ようとすると、年若い組員たちが輪廻を取り囲み、まとわりついてきた。

茶髪《ちゃぱつ》で右目に傷を持つ青年が万亀川《まきがわ》。金髪の青年が蛇ノ目《じゃのめ》。青髪の青年が虎山《こやま》という。

彼らは輪廻が面倒《めんどう》を見ている、いわゆる舎弟である。

特に輪廻から目をかけたつもりはないのだが、気がついたら勝手にこの三人があとをついて回るようになっていた。

輪廻が何か行動を起こすたびに目を輝《かがや》かせてついてこようとするさまは、まるで飼い主にまとわりつく大型犬のようだ。

「今日は叔父貴とふたりで見回りなので、お前たちはおとなしくしていなさい」

優しく言い聞かせるように諭《さと》すと、蛇ノ目が怪訝《けげん》そうに首を傾《かし》げた。

「どうして叔父貴と？」

「親父から仰《おお》せ付かったんですよ。なにぶん最近物騒《ぶっそう》ですからねえ」

「俺らが言うのもなんですけど、叔父貴は本当に……その……大丈夫《だいじょうぶ》なんですか？」

今度は万亀川が小声で輪廻に耳打ちする。後ろに控《ひか》える虎山は無言だが、やはり表情は硬《かた》い。

彼ら若衆の間でも、千切は腫《は》れもの扱《あつか》いのようだ。おそらくこの組の中で、彼を信頼《しんらい》している人間は正太郎くらいなものだろう。彼の腹の中も、本当はどうなのか不明なのだが。

「根拠《こんきょ》もないのに、叔父貴をそんなふうに悪く言ってはいけませんよ」

輪廻が諭すと、舎弟たちの顔にますます不満の色が浮《う》かぶ。

「カシラは、叔父貴を信頼してるんですか？」

「ええ、もちろん。大切な家族ですから」

尻尾《しっぽ》を掴《つか》むまではね、と心の中で付け加えてにっこりと微笑む。

「……でも、叔父貴はお嬢《じょう》とやけに親しいんですよね。もしかして取り入ろうとしているんじゃないかって、皆《みな》で話してたとこなんスよ」

虎山に言われ、ピクリ、と輪廻の眉《まゆ》が跳《は》ね上がった。

人を人とも思わぬ極悪非道ぶりを尽《つ》くしている彼が、唯一《ゆいいつ》愛着というものを示す相手。それが蜘蛛縫正太郎の一人娘《ひとりむすめ》である『お嬢』——蜘蛛縫輪奈織《わなおり》なのだった。もっとも輪廻のそれは、愛着というより執着《しゅうちゃく》に近いのだが。

「……お嬢と？　どういうことですか？」

内心動揺《どうよう》しつつも冷静さを装い、虎山へ尋《たず》ねる。虎山は言葉を選びつつ慎重《しんちょう》に話す。

「俺が掃除《そうじ》当番の時に見かけたんスけど……帰宅したお嬢に話しかけて、何か本を手渡《てわた》してたッス。お嬢もまんざらじゃない様子でして……」

「……ッ……！」

青ざめてガタガタ震《ふる》え始めた輪廻の様子に、舎弟たちが慌《あわ》てふためいた。蛇ノ目が慌てて言う。

「あっ！　でも、もしかしたらほら、叔父貴がお使いを頼《たの》まれてただけかも……」

「……それなら、なぜ私に言いつけてくださらないのです？」

輪廻が、うなだれて弱々しくつぶやく。余計なことを言ってしまっただろうかと、舎弟たちが顔を見合わせる。

「いや、たまたま居合わせたからとか……」

どうにか虎山がとりなそうとしたのだが、輪廻には届かなかったようだ。

「と、とにかく叔父貴には注意した方がいいッスよ！」

万亀川がまとめると、丸くなっていた輪廻の背中がようやくピンと伸びてきた。

「……そうですね。お嬢につく悪い虫は、この私が全て排除《はいじょ》します。たとえ叔父貴でも、容赦《ようしゃ》はしません」

そこへ、支度を済ませたらしい千切がやってきた。

「カシラ。お待たせしました」

「いえいえ、私も今来たところですから」

憎悪《ぞうお》に満ちた表情を、パッと営業スマイルに切り替える。まるで仮面でも取り替えるかのような素早さに、舎弟たちは感心するばかりだ。

「では、参りましょうか」

千切が舎弟たちへ肩越《かたご》しにチラリと視線を投げ、目を細めて笑いかける。まるで、『あなたがたに敵意はありませんよ』と語りかけるかのように。


「すみませんねえ、こんな雑用に付き合わせてしまって」

「いえ。シマの見回りも大事な役目ですから」

千切の少し先を、輪廻が歩く。道案内のためなのだが、こうして先陣《せんじん》を切って歩くことで格上である千切の盾《たて》の役割も果たしているのだ。

この男に盾が必要とも思えないが、正太郎の手前、表面上だけでもしきたりを守っておかねばなるまい。本来輪廻は、任侠《にんきょう》や義理人情といった極道の精神が大嫌《だいきら》いなのだが。

「叔父貴と組むのは初めてですよね。これを機に、いろいろとご教示いただきたいものです」

「私こそ、カシラに学ぶべきところはたくさんあると思っています」

柔《やわ》らかな口調で千切が言う。表面上は如才《じょさい》ない微笑《ほほえ》みを浮かべているが、瞳《ひとみ》の奥は冷たく冷え切っている。今も何を考えているんだか。

「そういえば、繭乃《まゆの》神社には行かれましたか？」

近くにある神社の名を挙げると、千切は首を横に振《ふ》った。

「いえ、名前は知っていますが」

「ウチが代々贔屓《ひいき》にしている神社なんですよ。せっかくなのでご案内しましょう」

輪廻は神社へ向けて歩き出した。

繭乃神社へ着くと、境内にはいくつか露店《ろてん》が立ち並んでおり、それなりに賑《にぎ》わっていた。

玉砂利を踏《ふ》みしめ、ふたりは境内を進む。

「繁盛《はんじょう》しているようですね」

千切は口元に笑みを浮かべて、焼きそばを鉄板で焼いている露天商を眺《なが》める。

「お祭りの日やお正月はもっと盛り上がりますよ。この境内が人であふれるほどです」

「それは素晴らしい。賑やかなのは良いことです」

千切が感心したように吐息《といき》を漏《も》らす。大股《おおまた》で歩く輪廻へ、露天商たちが次々に声をかけてきた。

「カシラ！　たこ焼き食べていきませんか？」

「新作のお好み焼きの試食、お願いしますよ」

「今、子どもに人気のキャラってなんですかねえ？　お面の売り上げがイマイチで」

輪廻はそんな彼らの呼びかけへ愛想良く応じる。中にはみかじめ料の支払《しはら》いが滞《とどこお》っていることを詫《わ》びる者もいたが、輪廻は責めることなく「親父《おやじ》に伝えておきます」と答えるのみだ。

「取り立てをしないんですね」

やりとりを見ていた千切に言われ、輪廻が微笑む。

「ご近所さんとは、持ちつ持たれつですから。みかじめ料なんて些細《ささい》なもので、わざわざ関係を壊《こわ》すことはありません」

「そうなんですね。私は先代にお世話になっていたのですが、すぐ親父に代替《だいが》わりして相談役になってしまったので、組周りの事情に疎《うと》くて。カシラに教えてもらえると助かります」

「ええ、それはもちろん」

ツッコミどころ満載《まんさい》だなと思いつつ、輪廻は笑みを浮かべてうなずく。正太郎がそんな人間を相談役につけるはずがない。だが、今はそこを突《つ》く必要もないので、穏便《おんびん》に済ませたほうがいいだろう。

「カシラ！　お久しぶりです」

社務所を訪ねると、紫色《むらさきいろ》の袴《はかま》を身につけた中年の男性がいそいそと駆《か》け寄《よ》ってきた。

「これはこれは、権宮司《ごんぐうじ》。お久しぶりです」

「最近お見かけしませんでしたが、お忙《いそが》しかったんでしょうか？」

「少々雑務が立て込んでおりまして。ご無沙汰《ぶさた》してしまい大変申しわけありません」

「いろいろと相談ごとをお受けしているでしょうし、大変ですよね。ところで、そちらの方は……？」

権宮司が輪廻の背後に控える千切へ視線をやり、おずおずと尋ねる。

「蜘蛛縫組、相談役の千切と申します。今後はこちらへご挨拶《あいさつ》にうかがう機会も増えるかと思いますので、どうぞよろしくお願いします」

千切が深々と頭を下げる。物腰《ものごし》柔らかな態度に、権宮司は安心したらしく「こちらこそ、よろしくお願いいたします」と和やかな挨拶を交わしたのだった。

「最近、何か変わったことなどありませんでしたか？」

輪廻に尋ねられ、権宮司がおっとりと答える。

「おかげ様で平和なものです。そうだ、父が組長さんに会いたがっていました。また、将棋《しょうぎ》を指したいと」

「親父に伝えておきます。宮司さんはなかなか手強い相手ですから、親父もきっとお手合わせを楽しみにしていますよ。では、私たちはお参りをして行きますので」

「はい。またいらしてください」

権宮司に別れを告げ、ふたりそろってお参りを済ませる。神社を出ると、千切がしみじみと口にする。

「蜘蛛縫組は、地域の方々にずいぶん慕《した》われているんですね」

「親父の人徳ですよ。ウチは代々地域との繋《つな》がりを大切にしていたのですが、先代が抗争《こうそう》に明け暮れるようになりこの地域の方々にも多大な迷惑《めいわく》をかけてしまったので、信頼《しんらい》を取り戻《もど》すためにずいぶんと腐心《ふしん》したようです」

「失った信頼を取り戻すのは、並大抵《なみたいてい》のことではありませんからね。親父の取り組みには頭が下がります」

「おかげでサツとの仲も良好なんですがねえ、私としては少々退屈《たいくつ》ですね」

「良いことだと思いますが？」

「やはりヤクザとしては、血にまみれた抗争に身を投じたいなんて考えたりするんですよ。クフフッ」

下卑《げび》た笑い声をたてる輪廻へ、千切が鋭《するど》い視線を投げる。それに気づいた輪廻は、さりげなく話題を変えた。

「そういえば叔父貴《おじき》は、親父の相談役なんですよねえ。一体どんな相談を受けているんです？」

「……そうですね。人生について、でしょうか？　人の上に立つ人間は孤独《こどく》なものですから。とりとめのない話を聞いてほしい時もあるでしょう」

「なるほど、親父の良き理解者というわけですね」

正太郎がそんなタマかと内心毒づく。よくもぬけぬけと言えるものだ。

さっき千切が自分へ向けた視線からは、殺意すら感じられた。やはり何かしらの目的があって蜘蛛縫組に来たに違《ちが》いない。正太郎のことだから、それすら織り込み済みなのだろうが。

「そんな大層なものではありませんよ。茶飲み友達のようなものです」

「またまたご謙遜《けんそん》を。組でも評判ですよ。素性不明の流れものがよくぞ相談役につけたものだと」

ちらりと千切を盗《ぬす》み見る。すっと鼻梁《びりょう》が通った端整《たんせい》な横顔は、ピクリとも動かない。ちょっとしたイヤミだったのだが、やはりこの程度ではたいして効果がないようだ。

「親父の気まぐれでしょう。いつ首が飛ぶかヒヤヒヤしていますよ」

「それはそれは。ところで――叔父貴。折り入って話があるのですが」

輪廻が真剣《しんけん》な面持ちで切り出すと、千切の顔に緊張《きんちょう》が走った。

「……何でしょう？」

「……先日、ウチの若衆が、叔父貴とお嬢《じょう》が親しげに話していたところを目撃《もくげき》しまして。なんでも、本の貸し借りをされていたと」

「ああ」と千切が微笑む。

「本屋で彼女とばったり遭遇《そうぐう》しまして。探していた本を私が持っていたので、お貸ししたんですよ」

『彼女』だと、気取りやがってとこめかみをピクピクさせつつ、つとめて穏《おだ》やかな声を出す。

「そうだったんですね。ですが叔父貴、これは忠告なのですが――お嬢にはあまり、近づかないほうが良いかと」

「どうしてですか？」

「お嬢は、親父が目に入れても痛くないほどの、大切な宝物のような存在です。それだけに、我々も慎重《しんちょう》に応対しなくてはなりません。それに、組とて一枚岩ではありませんから。

叔父貴がお嬢に色目を遣《つか》っているなどと、ありもしない噂《うわさ》を流されてしまうかもしれません」

「……確かに、そうですね。ご忠告痛み入ります」

「とんでもない。こんなつまらないことで叔父貴の立場が危うくなってしまってはいけませんから」

「お気遣《きづか》いくださり、ありがとうございます」

互《たが》いに営業スマイルを貼《は》り付けて、微笑《ほほえ》みを交わす。これで千切を完全にお嬢から遠ざけたとは言いがたいが、多少の牽制《けんせい》にはなっただろう。

(お嬢のおそばにいるのは、私ひとりで十分ですからね)

しばらく歩くと、荘厳《そうごん》な雰囲気《ふんいき》を漂《ただよ》わせた瓦《かわら》屋根が見えてくる。輪廻は入り口の前で足を止めた。山門に【組紐寺《くみひもじ》】と扁額《へんがく》が掲《かか》げられている。

「ああ、こちらですよ。昨日の現場は」

周辺は昨日の乱闘《らんとう》などまるでなかったかのようにしんと静まりかえり、鳥の鳴き声などがのどかに響《ひび》いている。千切は立ち止まり、山門を見上げた。

「なかなか立派なお寺ですね。こんなところで売人叩《たた》きを行うなんて、罰《ばち》当たりなことをするものです」

「まったくです」と輪廻がしかめつらで同意する。

「以前から素人《しろうと》売人がよくこの辺をうろついていたので、警戒《けいかい》していたのですが。まったく、カタギさんにも困ったものですよねえ。マトリにでもお願いして捜査《そうさ》してもらいましょうか」

などと話していると、人待ち顔の男がいることに気づく。

プラチナシルバーに髪《かみ》を染め、ウルフカットの毛先を軽くカールさせている。不自然なほどに目頭に深く切れ込みが入った大きな瞳《ひとみ》に、針金でも埋《う》め込んだかのようにまっすぐに通った鼻筋。ぽってりと程よく膨《ふく》らんだ、形の良すぎる唇《くちびる》。頭は人形のように小さく、歯がちゃんと入っているのかと心配になるほどの細い顎《あご》。どう見てもあれは整形だろう。

「……あの男、怪《あや》しいですね」

ぼそりと千切がつぶやく。

「おや、気が合いますね。私もそう考えていたところです」

それとなく男の動向を注視する。電子タバコを取り出してふかしたり、スマホを何度も確認したりと時間を潰《つぶ》すのに苦心しているようだった。

しばらくすると、パーカーのフードを目深に被《かぶ》った男が近づき、細面の男へ声をかける。

ふたりは一言二言交わすと、路地裏へと消えていった。

輪廻と千切は視線を交わし、気配を消して後を追う。会話が聞こえる程度の距離《きょり》に身を潜《ひそ》め、ふたりの様子をうかがった。

ウルフカットの男は辺りを素早く見回し、ジャケットのポケットから白いカプセルが入った小袋《こぶくろ》をいくつか取りだした。

「こっちがメロン2g、こっちがレモンパイ3g。間違《まちが》いない？」

「ありがとうございます。大丈夫《だいじょうぶ》です」

「あ、オマケに【祝福】もつけとくから。コレ、かなりイイよ、お勧《すす》め。気に入ったらここに連絡《れんらく》チョーダイ」

ウルフカットの男が、何やら白っぽい名刺《めいし》を差しだす。

彼らのやりとりを聞いているうちに、輪廻の眉間《みけん》にみるみる皺《しわ》が寄った。

ウルフカットの男が手渡《てわた》したもの。あれはどう見ても――

「ヤク……のようですね」

千切が小声で言う。

「そのようです。昨日の今日で……やれやれ、困ったものです。一応注意しておきますか」

輪廻はキュッと手袋を引っ張って路地裏へ踏《ふ》み込《こ》み、彼らへ声をかけた。

「すみません、玉繭地区浄化《じょうか》委員会の者ですが。最近不審《ふしん》物の置き去りが多発しておりまして。申しわけありませんが、所持物の確認をさせてください」

「は？　なんだてめーは」

ウルフカットの男が振《ふ》り向き、ぎろりと輪廻をにらみ付ける。

「ですから、玉繭地区浄化委員会の者です。確認が終わったらすぐお返ししますから」

早く寄越《よこ》せと言わんばかりに手を差しだすと、男がぺっと唾《つば》を輪廻の頰《ほお》へ吐《は》きかけた。

「……お行儀《ぎょうぎ》が悪いですよ？」

ハンカチを取りだし、頰を丁寧《ていねい》に拭《ふ》く。男は輪廻の言葉を無視してさらに続ける。

「オレは今、大事な【タスク】の最中なんだよ。邪魔《じゃま》すんな」

「【タスク】ですか。【ノルマ】の間違いでは？」

「いちいちうるせーんだよ。いいからあっち行けって」

「申しわけありませんが、あなたをここから退去させるのが私の【タスク】でして」

「人の真似《まね》してんじゃねーぞコラ！　コレはなあ、てめーみたいなアホが使っていい言葉じゃねえんだよ！」

男が唾を飛ばして怒鳴《どな》り始める。【タスク】なんてごく一般《いっぱん》的な用語だろうに。何がそんなに気に障ったのかと輪廻が顎に手を当てて考えていると、

「では、こちらは没収《ぼっしゅう》いたします」

いつの間にか千切がパーカーの男の背後に立ち、手に持っていた小袋を取り上げる。

ウルフカットの男の顔が、みるみるうちに憤怒《ふんぬ》の表情へと塗《ぬ》り替《か》えられていった。

「てめっ、人のモン勝手に盗《と》ってんじゃねーよ！」

千切が無言で、輪廻へ小袋を投げて寄越す。輪廻は袋を開けて匂《にお》いを嗅《か》ぐと、顔をしかめた。

「ヤク臭《くさ》いですねえ。カプセルで隠《かく》してもバレバレですよ？　申しわけありませんが、玉藺地区での薬物の売買は条例で禁止されて――」

「返せっつってんだろうがぁッ！」

輪廻が言い終わる前に、ウルフカットの男が殴《なぐ》りかかってきた。

輪廻が足を引っかけると、男はあっさりとつんのめって路上で倒《たお》れた。

「ぐあ……ッ」

「汚《きたな》い言葉遣《ことばづか》いは、心の表れ……あなたの心はずいぶんと荒《すさ》んでいるようですね」

「……ッ……そうやってどいつもコイツも、オレを見下しやがる！」

男が懐《ふところ》から拳銃《けんじゅう》を取り出し、輪廻へ向ける。

「ああ、怖《こわ》い怖い！　こっちに向けないでくださいよ！」

輪廻が両手を上げて怯《おび》えた仕草をしてみせると、優位に立ったことを確信したのか、男が口端《こうたん》を歪《ゆが》めて笑った。

「どうせてめーら、マトモじゃねえんだろ？　顔に刺青《いれずみ》なんかいれやがって」

「この前も同じことを言われましたけど、そんなにダメでしょうか？　気に入ってるのですが」

「親からもらった体に傷をつけるなんて、ゴンゴドーダンなんだよ」

この前習ったばかりの単語を誇《ほこ》らしげに語る小学生のような態度だな、と思いつつ輪廻が反論する。

「骨まで削《けず》って整形しているような方に、言われる筋合いはないと思いますが」

びきっ、と男の額に血管が浮《う》き上がった。

「誰《だれ》が整形だって？」

「おや、図星でしたか。顔を見て、もしやと思ったのですが。私の目にくるいはなかったようです」

クイズで正解を当てたかのように嬉々《きき》として語る輪廻に、男の怒《いか》りのボルテージは上がりっぱなしだ。

「てめーだけはぜっっったいに許さねえ！」

引き金に手をかけ、輪廻へ向けて銃《じゅう》を撃つ。

パンッ！　と軽く弾《はじ》けるような音が響き、弾丸《だんがん》が撃ち出される。

すんでのところでそれを避《よ》けると、間髪《かんはつ》を容れず次の弾《たま》がまた飛んできた。

「ハハハ、死ねコラ！」

「ああもう、やめてくださいよ本当に――」

手当たり次第に銃を打ちまくる男から、輪廻が逃《に》げ惑《まど》う。輪廻の怯えた表情が面白いのか、男はゲラゲラ笑いながら輪廻を狙《ねら》い撃つ。

「よーし今度こそ当ててやるぞ。命乞《いのちご》いしても聞いてやらないからな？」

「クフッ、それはこっちのセリフですね」

「何言ってんだ？　頭おかしくなったのか？」

薄笑《うすわら》いを浮かべて、男が一歩踏み出そうとする。すると足首に硬質《こうしつ》な糸のようなものが当たる感触《かんしょく》がした。

「……？」

「おや惜《お》しい。もうちょっとで大当たりだったのですが」

いぶかしげに、男が周りを見回す。その顔は、次第に驚愕《きょうがく》へと変わっていった。

「なんだよこれは……ッ!?」

男の周りには、さながら蜘蛛《くも》の巣《す》のように、無数の糸が張《は》り巡《めぐ》らされていたのだ！

殺傷能力のある糸を自在に操り攻撃《こうげき》を仕掛《しか》ける【操糸操術】――これが輪廻の【能力】なのだ。

「ようやくお気づきになりましたか？　もうあなたは逃げられませんよ。さあ、悲愴《ひそう》な悲鳴を上げてくださいねえ？」

輪廻の目が酷薄《こくはく》に光る。手袋をはめた指先からピンと伸《の》びた糸を引くと、複雑に絡《から》み合ったピアノ線が一気に収縮し、男を包み込んだ。

「ヒッ！　やめろ！　放してくれぇ……！」

「さて、どこから切り刻んで差し上げましょうか。手ですか？　足ですか？　目を潰して耳を削《そ》ぐのも悪くないですねえ」

輪廻が糸を引くと、男の肌《はだ》に糸が食い込む。男は歯をカチカチと鳴らし、口端からヨダレを垂らしてふるふると首を横に振った。

「た、たすけ、て……あやまる、から……」

「謹《つつし》んでお断りします。さて、あなたは取り引きをどうやって行っていたんです？」

「SNSで客を見つけて……取り引きはスマホの……アプリで……」

予想通りの答えだ。最近の売人の手口はSNSで隠語《いんご》を使って客を募《つの》り、履歴《りれき》が消えるメッセージアプリで売買のやりとりを行うのが一般的だ。彼もお手本通りの営業方法で、客を集めていたのだろう。

「では、スマホを拝見しますよ」

男の体に絡まった糸をかいくぐり、ズボンの尻《しり》ポケットから輪廻が器用にスマホを取りだす。男の顔をスマホのカメラで読み取ると、すぐにロックが解除された。

「最近のスマホは、本当に便利になりましたよねえ。顔認証があれば、いちいち暗証番号を聞き出す必要がない。素晴らしい技術です。クフフッ」

ずらりとホーム画面に並ぶアプリのアイコンを素早く眺《なが》め、それらしきアプリを見つける。タップすると、案の定メッセージアプリが立ち上がった。ドラッグの取り引きでよく使われる、暗号化されたメッセージアプリだ。

以前の履歴は全て削除《さくじょ》されているらしく、最新のものがひとつだけ残っている。それを見ていくと――

【タツヤです。SNSを見て連絡《れんらく》しました。どんな野菜を売ってますか？】

【ありがとうございます。今ならメロン六千円、レモンパイ七千円。初めての方ならサービスします】

【じゃあ、メロン2g、レモンパイ3gで】

【ありがとうございます。では一時間後に玉繭地区の組紐寺の前で。サービス品もプレゼントします。よろしくお願いします】

などと、生々しいやりとりが残されていた。

「疑わしきを罰《ばっ》して、正解だったようですね。それで、あなたに指示を出していた人間はこの連絡先の中にいるんですか？」

アプリの【連絡先】欄《らん》を指さして男へ見せると、男は力なく首を横に振《ふ》った。

「いる……けど……オレより【ランク】が上の人なんで……会ったことないッス」

こちらも大体予想通りの展開だ。闇《やみ》バイト募集《ぼしゅう》にでも引っかかったのかと思ったが、ただの売人が銃など持っているものだろうか？

「では、銃は誰からもらったんです？　まさか宅配便で送られたなんて言いませんよね？」

輪廻が問《と》い詰《つ》めると、男は目を泳がせた。

「こ、これは、【本部】の人がくれたんスよ。【ランクアップ】の報酬《ほうしゅう》のひとつでっ……危ない時に使えって……」

【ランク】だの【本部】だの、やけに言葉が軽い。まるでゲーム感覚だ。

「では、その【本部】のご担当者のお名前を、教えてください」

「そ、それは言えねえ……シュヒギムを守れって言われてっし……」

「守秘義務が存在するのですか。ずいぶんとコンプライアンスがしっかりした組織なのですねえ。ですが私には遵守《じゅんしゅ》する義務はありませんので」

輪廻の目が残忍《ざんにん》な輝《かがや》きを帯びる。この男、頭は弱いが口は堅そうだ。ならば実力行使で口を割らせるしかないだろう。

男の首にかかったピアノ線が、静かに動く。白い首筋に、細く紅《あか》い線が走った。

「ヒッ……！」

「答えなければ、どんどん傷が増えますよ？」

輪廻がすっと目を細め愉快《ゆかい》そうに笑った。

首筋にうっすらとした紅い線が増えていく。男は痛みに顔を歪めながらも、唇《くちびる》を強く噛《か》みしめる。どうやら、話すつもりはなさそうだ。

「……覚悟《かくご》を決めたのですね。私は優しいので、できるだけ苦しめて冥土《めいど》にお送りします」

輪廻が男の首にかかったピアノ線を横へ引こうとした、その時だった。

「カシラ、この辺にしておいたらどうです？」

輪廻の肩《かた》を千切が摑《つか》む。輪廻はゆっくりと振り返った。

「これからが本番なのですが」

「シマでカタギの人死にが出ては、組の沽券《こけん》に関わります」

「ハジキを持ってる方が、カタギを名乗れますかねえ？」

「少なくとも彼は、ヤクザではないでしょう」

冗談《じょうだん》を言っているのかと思ったが、千切はいたって大真面目《おおまじめ》だ。輪廻はこきっと首を鳴らし、薄目《うすめ》で千切を見た。

「……仕方ありませんねえ。ここは叔父貴《おじき》の顔を立てるとしますか」

輪廻は男の前へしゃがみ、穏《おだ》やかな笑みを浮《う》かべて囁《ささや》いた。

「今日は許して差し上げますから、手持ちのものを全部置いていってくださいね」

「わ、分かった！　分かったからこれ解いて……っ」

逃げられないように、足だけ拘束《こうそく》したまま糸を解く。男は上着を脱《ぬ》ぎ捨《す》て、ズボンのポケットへ手をつっこんで、中身を全部放り出した。

「こ、これでいいだろ⁉　信用できないなら、ボディチェックやってもらっても構わない！」

「ご安心ください。あなたを信じていますよ」

拘束を解くと、男は這《は》いずるようにその場から去っていった。

「あ、あああ、あっ……」

へたりこんでガタガタと震《ふる》えるパーカーの男を、千切が一瞥《いちべつ》する。

「あなたはもう、行っていいですよ」

男は這々《ほうほう》の体で立ち上がると、こけつまろびつ走りだした。その姿を見送り、輪廻が言う。

「叔父貴は情深いんですね」

「彼はただの客ですから。捕《と》らえたところでたいした情報は得られないでしょう」

「そうですねえ……」

輪廻はしゃがんだまま、散らばった男の持ちものを拾い集めて確認する。目の前に落ちている紙袋《かみぶくろ》の中を検《あらた》めると、中からはクマをかたどったクッキーが数枚出てきた。鼻先をミルクのような甘い香《かお》りがくすぐる。

「これがさっき話していた【祝福】……でしょうね。前にも似たようなものをいただいた覚えがあります」

　クッキーをつまんで匂《にお》いを嗅《か》いでいる輪廻へ、千切が視線を向ける。

「……どちらで手に入れたんですか？」

「売人叩《たた》きをしている奴《やつ》らをシメた時、お礼にいただきました。ただのクッキーじゃないようですが……一体何ですかねえ、これは」

「おそらくこれは【ドラッグクッキー】でしょう」

　さらりと千切に言われ、輪廻は目を丸くしてみせる。

「おや、お詳《くわ》しいんですね」

「匂いで気付きますよ。ヤクの取り引きで、普通《ふつう》のクッキーをオマケに配るはずもないですし」

「さすが叔父貴。まるで売人の経験者のようですね」

「まさか。少し考えれば、これくらい分かります」

　千切は笑って言うが、【ドラッグクッキー】という単語は、それなりに知識がないと出て来ないはずだ。

　怪《あや》しさがプンプン臭《にお》ってくるが、今追及《ついきゅう》してもはぐらかされるだけだろう。追い詰めるならもっと情報を集めてからにするべきだ。

　輪廻は、ひとまずウルフカットの男の持ちものを検めることにした。

電子タバコに、ブランドものの財布。コンビニで買ったらしき駄菓子《だがし》の包み紙。財布の中身を検めると万札が数枚と、どこかのショップのポイントカードが入っている。身分証明書的なものは入っていないかと期待していたが、あったところで偽造《ぎぞう》だろうし無意味か。

他にはないかと地面へ視線を向けると、財布とおそろいのデザインの名刺入《めいし》れが転がっているのが目に入った。拾い上げて開けてみると、黒地に金色で文字が印刷されたいかにもという感じの名刺が数枚出てきた。

「ホストクラブ、アモル・カエクス。源氏名は夜宮十月《よみやとげつ》……」

やはりホストだったかと納得する。しかし一介《いっかい》のホストが拳銃《けんじゅう》など所持しているものだろうか？

（……キナくさいですねえ）

そしてホストクラブの名刺とは別に、もう一種類名刺が入っていることに気がついた。

真っ白な紙に【会員番号１３３８番　綾瀬修汰《あやせしゅうた》】とだけ記されており、二次元コードがプリントされている。綾瀬修汰というのが、どうやら夜宮の本名のようだ。

まあ、これも偽名《ぎめい》かもしれないが、情報が増えただけでも儲《もう》けものだ。夜宮から没収《ぼっしゅう》したスマホをかざし、試しに二次元コードを読み込んでみる。すると――

「……なんでしょうね、これは」

輪廻の眉間《みけん》に皺《しわ》が寄った。

「カシラ、何が出て来たんです？」

「叔父貴。見てくださいよ、これ」

輪廻がスマホを掲《かか》げて見せる。雄大《ゆうだい》な山々を背にして軽やかにジャンプする男のシルエットが合成された写真と共に、白抜《しろぬ》きのキャッチコピーが躍《おど》っていた。

【がんばってもがんばっても、報われないあなた。ぜひ私にお話を聞かせてください】

【仲間と共に一丸となって目標を達成し、輝かしい人生を送りましょう！】

そんな前向きかつ抽象《ちゆうしよう》的な謳《うた》い文句《もんく》と共に、狐《きつね》の仮面を被《かぶ》った男の写真が【先生】として紹介《しようかい》されている。そしてその下には、こんな文章が掲載《けいさい》されていた。

【皆《みな》さんへのメッセージ】

「真面目に働いていた私はある日突然《とつぜん》リストラされ、家族からも見放されました。しかし、そのどん底からはい上がり、今や巨万《きよまん》の富を手に入れるまでに【成長】しました。今この国は景気が低迷し、働いても働いても貧しくなるばかり。私はこの閉塞感《へいそくかん》に満ちた社会を変えたいと思っています。その足がかりとして私の得たノウハウを共有し、皆さんにぜひ【圧倒的成長《あつとう》】を遂《と》げてほしいのです。迷っているあなた、ぜひ私と一度お話ししませんか？」

あまりの空々しさに、全身がむずがゆくなりそうだ。サイトを見ている千切も、目が明らかに滑《すべ》っている。

「自己啓発《けいはつ》セミナーというヤツでしょうか。虚無《きょむ》の固まりみたいな文章ですね。こんなモノの何がいいんだか」

「……ですが夜宮は先ほど、クスリと共にこの白い名刺を客の男へ渡《わた》そうとしていたように見えました。このセミナーとドラッグの密売は、関係しているのでは？」

「そうでしょうねえ。資料はそろっているので、あとは情報屋へ任せましょうか」

言外に「事務所へ戻《もど》ろう」と促《うなが》したつもりだったのだが。千切は口元に手をやり、じっと夜宮十月の名刺を見つめている。

「叔父貴、どうしたんですか？」

「……このホストクラブ、気になりますね」

「おや、叔父貴はホストクラブに興味がおありで？」

「ええ。彼の働きぶりや周りの人たちとの接し方……そういった、普段《ふだん》の姿を知りたいんです」

面倒《めんどう》なことを言い出したぞ、と内心思う。輪廻としては、夜宮の普段の姿などどうでもいいのだが。

「叔父貴は、人そのものに興味がおありなんですね」

「ええ。人間というのはとても面白いですよ。それに日ごろの彼の様子が分かれば、ヤクの密売に関しても手がかりが得られるかもしれません」

まるで探偵《たんてい》や刑事《けいじ》が言いそうなセリフだ。

いや、本当にそうなのかもしれない。もし情報屋へ依頼《いらい》してしまったら、輪廻の知りたい情報しか得られない。それ以外に千切自身が探りたい情報があるのではないか？

輪廻は笑顔を作り、大きくうなずいた。

「叔父貴のおっしゃる通りです。それでどうします？　店の周りで張り込んで夜宮をひっ捕《つか》まえますか？　それとも忍《しの》び込んで店長を締《し》め上げますか？」

千切はスマホを取り出し操作しながら答えた。

「待ってください。今、手配をしますから」

「……手配？」

輪廻の質問に千切は答えない。ほどなくして、スマホから通知音が鳴り、ようやく千切は顔を上げて輪廻を見た。

「――これから、面接へ行きましょう」

――翌日の明け方。

硯《すずり》区銘仙町《めいせんちょう》。ここは都内有数の歓楽《かんらく》街である。その片隅《かたすみ》に建つ雑居ビルに、ホストクラブ『アモル・カエクス』はあった。

黒を基調とした店内を、豪奢《ごうしゃ》なシャンデリアが明るく照らす。

ずらりと並んだホストたちが、「いらっしゃいませ！」と元気よく出迎《でむか》える声が、入り口から響《ひび》く。まだ夜が明けたばかりだというのに、店内はそれなりに賑《にぎ》わっていた。

「いらっしゃいませ。おしぼりをどうぞ」

スーツに身を包んだ輪廻が、席に案内された女性客の前におしぼりを置いて微笑《ほほえ》むと、客の頰《ほお》がぽっと染まる。

「あの……あなたを指名って、できますか……？」

「申しわけございません。私はホストではないので、席につくことができないんですよ」

輪廻がにっこりと笑うと、女性客は恥《は》ずかしそうにうつむいた。

「……やれやれ。立ちっぱなしは疲《つか》れますね」

入店ラッシュが落ち着いたのを見計らい、バックヤードへと引っ込んで腰《こし》を揉《も》む。接客は嫌《きら》いではないが、やはり地道な労働は性に合わない。早くシフトが終わらないだろうか。

――千切が提案してきたのは、黒服として『アモル・カエクス』へ潜入《せんにゅう》するというものだった。ホストクラブは一部と二部に分かれており、一部の営業時間は夕方から深夜一時。二部は明け方から昼までが一般《いっぱん》的となっている。一部は学生や兼業のホストが多く、二部は本職のホストが接客を行うことが多い。夜宮はおそらく二部メインのはず。その時間帯に潜《もぐ》り込み、彼の情報を集めようとのことだった。

黒服の仕事はおしぼりを取り替《と》《か》えたり、フードやドリンクのオーダーを取り、テーブルまで運ぶといったいわゆるウエイター業務がメインだ。作業自体は単調で、輪廻はすでに飽《あ》き始めていた。

あくびを嚙《か》み殺《ころ》して、バックヤードから店内の様子をうかがう。中央のテーブルではシャンパンコールが始まったらしく、ホストたちがテーブルを取り囲んで、リズミカルな振《ふ》りと共にかけ声を送っている。

何もかもがつまらない。わざわざ変装までしてこんなところにいるくらいなら、早く戻ってお嬢《じょう》のおぐしでも整えて差し上げたい。

さっさとその辺をうろちょろしている黒服かホストを捕《つか》まえて軽く脅《おど》せば、すぐに情報が手に入りそうなものなのに——と内心苛《いら》立《だ》ちを覚えつつ、フロアでかいがいしく働く千切を眺《なが》める。

潜入捜査《せんにゅうそうさ》をしようと提案してからの千切の動きは、素早かった。ふたり分の偽造《ぎぞう》身分証明書を用意し、その日の夕方に面接の約束を取り付け、即採用されアルバイトとして入店。あまりにも手際が良すぎないか。

しかもさすがに面接を受けるのに刺青《いれずみ》入りではまずいと千切から指導を受けたので、前髪を右へ流してそれとなく隠《かく》し、いつもかけているサングラスを外して一般人へ変装させ

られる始末。面倒なことこの上ない。

そもそも黒服はホストと違《ちが》ってそうそう求人は出ないはず。どうやって潜り込んだのやら。もしや内部に協力者がいるのだろうか？

（……匂《にお》いますねえ）

やけに夜宮にご執心《しゅうしん》だ。もともと怪《あや》しいとは思っていたが、これは何かあるに違いない。

「カシラ、三番テーブルのオーダーを取りに行ってください。ぼんやりしていると目をつけられますよ」

千切がバックヤードの入り口から顔を出し、輪廻へ声をかけてきた。

いつ自分がここでサボっているのを見つけたのだろうか。もしかして動きを監視《かんし》していたのか？

まるで小姑《こじゅうと》のようだと内心毒づきつつ、

「気が回らず申しわけありません。すぐに行きます」

バックヤードから出て、そそくさと三番テーブルへ向かったのだった。

「失礼します。メニューをお持ちしました」

テーブルへ向かい、メニューを女性客へ手渡《てわた》す。女性はくるくると巻いた毛先を弄《もてあそ》びながら、つまらなそうにパラパラとメニューをめくる。

「ねえ、今日も十月いないの〜？」

「すみません。ちょっと体調が悪いみたいで」

「それホントなの？　メッセージも全然返してくれないし。同伴誘《どうはんさそ》ってもガン無視っておかしくない？」

（そいつなら、昼間クスリの売人やってましたよ）

——と教えてやったらどんな顔をするだろうか。などと考えつつ、女とホストの会話を聞きながらオーダーを待つ。なかなか決まらないらしく、女の視線はメニューの上から下まで何度も往復を繰《く》り返している。

「なーんかさあ。アイツ最近変じゃない？　この間アフターで一緒《いっしょ》にバー行ったんだけどさぁ、その時すっごい勧誘《かんゆう》されたんだよね」

「あ〜それ、【先生】じゃないスか？」

ホストのひとりが言うと、女性客が指さして甲高《かんだか》い声で叫《さけ》んだ。

「それ〜！　ずーっと【先生】に出会ってから自分は人生が変わった、魂《たましい》のステージがワンランクアップしたんだって、目をキラッキラさせて喋《しゃべ》り続けてんの！」

「アイツ、最近【先生】が推しみたいッスよ。オレたちもセミナー行かないかってしつこく誘われて」

「ホントなんなのアレ？　変な詐欺《さぎ》とか引っかかっちゃったのかな〜。十月って前からちょっと危なっかしいと思ってたけど、だいぶヤバいね」

女の鼻にかかった甘ったるい声を聞きながら、輪廻は昨日見た怪しいサイトを思い返す。

おそらく、トップページに掲載《けいさい》されていた狐《きつね》面の男が【先生】なのだろう。

夜宮は【ランク】がどうとか【本部】がどうとか言っていたが、なるほど、怪しいセミナーにつきものの安っぽい階級づけだ。

「う～ん、じゃあドルフィン。ボトルで持ってきて」

ようやく決まったらしく、女はメニューから顔を離《はな》した。

「かしこまりました」

輪廻はメニューを受け取り、恭《うやうや》しく一礼した。

「オーダー入ります。三番テーブルにドルフィン、ボトルでお願いします」

キッチンへオーダーを告げに行くと、千切がグラスを磨《みが》いている。一日限りの黒服だと言うのに熱心なことだ。内心呆《あき》れつつ様子を見ていると、手首から蜥蜴《とかげ》の刺青がちらりとのぞいた。

極道にしては控《ひか》えめだな、と思いつつ、輪廻は次のオーダーへと向かったのだった。

最後の客を見送り、店内の掃除《そうじ》をしてようやく退勤した頃《ころ》には、すっかり日が高くなっていた。

照りつける日差しが目に痛い。輪廻はわざとらしく、大きく伸《の》びをしてみせた。

「いやあ、久しぶりの労働は身体《からだ》にこたえますねえ。しかしいい社会勉強になりましたよ」

「たまには額に汗《あせ》して働くのも、悪くない経験ですよ」

「叔父貴《おじき》はずいぶん熱心に働いていましたね。そういえば夜宮十月なんですが、聞いたところによると【先生】なる人物をやけに信奉《しんぽう》している様子でした」

輪廻が話を振ると、千切もうなずいた。

「私も、その話は聞きました。一時は真面目《まじめ》に仕事をこなし、店の売り上げベスト5に輝《かがや》いたこともあるようです。それも全て【先生】の導きのおかげだと語っていたとか」

千切が他のスタッフから聞いた話によると、夜宮は数ヶ月前から【先生】なる人物に傾《けい》倒《とう》しはじめたようだ。引っ込み思案だった性格が明るくなり、ホストとしても人気が出始めたので、周りはいい傾向《けいこう》だと思っていたらしい。

だが、最近はなんだか様子がおかしい。無断欠勤が増えたし、たまに出勤したかと思えば、澱《よど》んだ目つきで酒をあおり、客に嫌《いや》がられている。トラブルを連発しているので、もしかしたら近いうちにクビになるかもしれないとのことだった。

「例のサイトに掲載されていた狐面の男が【先生】でしょうね」

「ええ。おそらく自己啓発《けいはつ》セミナーか、マルチ商法……夜宮はまんまと騙《だま》されて搾取《さくしゅ》されているのでしょう」

甘い言葉に乗せられて、【ランクアップ】のために金をつぎ込み、手持ちの金が尽《つ》きてドラッグ密売でも始めたというところか。よくある話だ。

あまりにもありふれすぎていて反吐《へど》が出る、が——

「そういえば、先日【祝福】を私へ寄越《よこ》した男も、【先生】がどうとか言っていましたね」

ふと思い出して口にすると、千切の目の色がさっと変わった。

「いつ、その男と会ったんですか？」

「先日、シマの見回り中に。売人叩《たた》きにあっていたところを仲裁したら、お礼にとウサちゃんクッキーをいただきました」

そう答えると、千切が重ねて尋ねる。

「……【先生】についてはなんと？」

「やっぱり【先生】の言うとおりだった、真面目に頑張《がんば》っていれば、困ったときにきっと誰《だれ》かが手を差《さ》し伸べてくれる……と。やけに目をキラキラさせているので、クスリでもキメているのかと思ったくらいですよ」

「他には何か、話していませんでしたか？」

「いいえ、すぐにいなくなってしまったので」

「……そうですか」

「もしかして心当たりが？」

「それは――」

「オイッ、てめー！」

徹夜で弛緩《しかん》しきった脳みそに、男の金切り声がつき刺《さ》さる。声がした方を見ると、見覚えのある男が憤怒《ふんぬ》の形相でこちらをにらみ付けている。

プラチナシルバーに染めた髪《かみ》に、人形みたいに整いすぎた顔。どう見ても夜宮十月だ。

輪廻は夜宮に笑いかけた。

「こんにちは。今日はお仕事お休みだったんですね。お客さんが心配されてましたよ」

「てめーのせいで、【先生】に叱《しか》られちまったろうがよォ！　どォしてくれんだよォ！」

両手をポケットに突《つ》っ込《こ》んで肩《かた》をいからせ、夜宮が輪廻へ近付いてきた。

「それは申しわけありません。もしかして【タスク】を遂行《すいこう》できなかったせいですか？」

「そーだよ！　あと少しで、【ランクアップ】できるとこだったのに！　ぜーーんぶ！だ・い・な・し！　てか【祝福】返せよコラ！」

「あなたがくださったんでしょう」

「それはサクシュだって【先生】が言ってんだよ！　このままじゃオレの人生ずーっとサクシュされ続けて終わるって！　だからてめーをぶっ殺さねえと！」

「そんな、搾取だなんて暴論ですよ。私は――」

輪廻が言い終わる前に、夜宮が地面を蹴《け》って飛びかかってきた。

「――ッ！」

不意を突かれて仰《の》け反る。その隙《すき》を逃《のが》さず、夜宮は輪廻へ飛びつき、押《お》し倒《たお》そうとする。

【先生】が言ってんだから間違《まちが》いねぇんだよぉおおお！」

夜宮は獣《けもの》じみた声を上げて、全体重を掛《か》けてのし掛かってきた。

「てめーを殺《や》るのが今の【サイジューヨータスク】だって【先生】が言ってんだ。だからオレはてめーをぜったいぜったいぜったいぶっ殺す！」

口からヨダレを垂らし、フーッ、フーッと荒《あら》い息を吐《は》く夜宮からは、ミルクのような甘い香《かお》りが漂《ただよ》っている。

どうにかはね除《の》けようとするが、夜宮はびくともしない。細い体のどこにこんな力があるのか。やむを得ず自分の足を夜宮の足へ絡《から》め、腕《うで》を掴《つか》んで投げ飛ばす。路上に叩《たた》きつけられた夜宮はすぐに身を起こし、四《よ》つん這《ば》いで唸《うな》り始めた。

「うごぉおぅおぅ、おっ、がるっ、おっぉおおおッ！」

――まるで野犬だ。ぎょろりと血走った目を剝《む》いて輪廻を見上げる彼の姿は、もはや人の形を成していないように見えた。クスリで凶暴化《きょうぼうか》した人間は腐《くさ》るほど見てきたが、こんな例は初めてだ。

「うるぅおぉえおぉおおおおおおおおおおおおおお！」

遠吠《とおぼ》えのような声をあげて飛びかかろうとする夜宮の背後へ向かって、咄嗟《とっさ》に編みぐるみを投げる。編みぐるみは宙を舞《ま》い、耳をつんざくような轟音《ごうおん》を立てて爆発《ばくはつ》した。

「ぎゃぁあああああああッ！」

夜宮は両手で耳を覆《おお》い、ごろごろと路上を転がり始めた。

「やれやれ。これでちょっとおとなしくなりますかねえ」

「うるぅううう、るぅ、ぐるぉおおおお……」

夜宮はゆっくりと身を起こし、輪廻をにらみ付ける。爆発音で戦意喪失《そうしつ》させたつもりだったが、逆効果だったようだ。

「犬の躾《しつけ》は慣れていませんが、やむをえませんねえ」

舌なめずりをし、手袋《てぶくろ》をきゅっとはめ直す。さてどうやって料理してやろうか。ワクワクしながら待ち構えていると、夜宮が再び輪廻へ飛びかかってきた！

「ぐるぉおおおおおおおおおおおおおおおおおッ！」

夜宮を搦《から》め捕《と》ろうと構えを取る。拘束《こうそく》して爆弾《ばくだん》の数個も仕掛《しか》けてやればおとなしくなるだろう。その後正気に戻《もど》るまでじわじわといたぶってやればいい。

脳内で素早くプランを練り、糸を放とうとしたその時だった。

千切が夜宮へしがみつき、彼の体は地面へと叩きつけられた。

「ぐぎゃぁあああぁッ!?」

ドッ、と鈍《にぶ》い音をたてて夜宮ごと千切が倒れ込む。夜宮は泡《あわ》を吹《ふ》いて痙攣《けいれん》し、そのまま気を失った。

(……余計な真似《まね》を)

せっかくこれから完膚《かんぷ》無きまで叩きのめし、拷問《ごうもん》フルコースを行うつもりだったのに。素敵な計画が台なしだ。

——という心の声はおくびにも出さず、輪廻は両手を合わせて小首を傾《かし》げ、庇護《ひご》された者らしい媚《こ》びた笑みを浮《う》かべた。

「ああ、危なかった！　叔父貴、助けてくださってありがとうございます」

「いえ、私は彼を助けたつもりですが」

輪廻の全力媚び媚びスマイルは、ものの見事に凍《こお》りついた。どうやら脳内でシミュレーションしていた拷問フルコースプランを、千切に悟《さと》られていたようだ。つくづく腹立たしい。

「それにしても、今まで色んな中毒者を見てきましたが、こんなおかしなキマりかたは初めてですねえ」

横たわる夜宮を下駄のつま先でツンツンと突きながら、輪廻が首をひねる。理性を失い獣じみた声を上げるまでは、ドラッグ中毒者としては珍《めずら》しくない。しかし、夜宮は明らかに身体能力が高まっていた。常人のものと思えない敏捷性《びんしょう》、そして輪廻を押し倒すほどの怪力《かいりき》。こんなクスリは今までお目にかかったことがない。

倒れた夜宮のポケットから落ちたクマの形のクッキーを拾い上げ、千切が言う。

「……おそらくこれが【祝福】の真の効能です」

先ほど、夜宮からミルクのような匂《にお》いが漂っていたのは、やはり【祝福】を食べていたせいだったのか。

「【祝福】は摂取《せっしゅ》した人間の身体能力を200％に高める効能があるそうです。副作用としては、凶暴化。彼のように獣同然の姿になることも珍しくありません」

いつになく饒舌《じょうぜつ》に語る千切へ、輪廻が熱い視線を送る。

「さすが叔父貴《おじき》！　薬物にもお詳《くわ》しいんですね」

「……趣味《しゅみ》でして」

そんな趣味があるかよ、と心の中でツッコミつつ、倒れている夜宮へちらりと視線をやる。

「しかし【祝福】なんてヤクは初めて聞きましたよ。一体どこで出回ってるんでしょうね？」

「おそらく、我々ヤクザとは別の経路で、流通しているのではないでしょうか」

ヤクザのあずかり知らぬところで流れている薬物だなんて、ますますきな臭《くさ》い。そんな情報をしれっと持っている千切も含《ふく》めて。

「ともかく、彼は親父《おやじ》への手土産《てみやげ》に持ち帰りましょう。車を迎《むか》えに来させますよ」

スマホを取りだし、万亀川へと電話をかけて車の手配を依頼《いらい》する。

「私です。今萬《よろずまち》町方面にいるのですが、ちょっとお迎えに来てほしくて――」

万亀川へ場所を説明しながら、千切を見やる。千切は口元に手を当てて、倒れた夜宮を見下ろしている。

千切は【祝福】に関してあらかじめ調べていたのだろう。初めから分かっていて、この案件にひと嚙《か》みしたに違《ちが》いない。

（いいですねえ。ただのネズミを追いかけるだけでは、つまらないですから）

この男といればおそらく退屈《たいくつ》しない。

追い詰《つ》めて追い詰めて、じっくりといたぶってやろう。

この男のプライドをへし折り、すました顔を歪《ゆが》ませて完膚無きまでに叩きのめす。

千切が無様に這《は》いつくばる姿を想像し、輪廻は密かにほくそ笑んだ。

第二章

　翌日。夜宮十月に襲撃《しゅうげき》された事件についての報告のため、千切と輪廻は正太郎の部屋を訪れた。

「──つまり【祝福】という薬物入りのクッキーを、組織的に流通させている人物がいるということだね」

「ええ。おそらく【先生】のバックに何かしらのケツモチがいるのではないかと」

　輪廻からの報告を聞き、正太郎が眉《まゆ》をひそめた。

「銘仙町で起こった事件なら、見過ごせないね。あそこは鬼ヶ原組《おにがはらぐみ》のシマだから」

　鬼ヶ原組というのは、五組長会議のメンバーで、正太郎と共に協定締結《ていけつ》に奔走《ほんそう》した盟友でもある。

　そして五組長会議に参加している組については治安維持《いじ》のために、互《たが》いのシマで起こった事件を連携《れんけい》して解決する決まりとなっている。

「しかし、自己啓発《けいはつ》セミナーか……これはまた予想外のところから攻《せ》めてきたね。どこかの組の副業なのかな」

「その可能性は高いですね。受講生へ何らかの方法で【祝福】を与《あた》え、判断力を低下させて取り込んでいるのではないかと、考えられます」

まるで用意してきたかのような千切の滑《なめ》らかな答えに、輪廻が茶々を入れる。

「それは、叔父貴の推理ですか？」

「ええ。これまで得た情報から総合して導き出した、推察です」

「まるで小説のような筋書きですねえ。叔父貴はいい小説家になれそうです」

「そうですね、今度文学賞に応募《おうぼ》してみようと思っていますよ」

千切は穏《おだ》やかに微笑《ほほえ》んだ。

「どちらにせよ、どこかの組が絡《から》んでいるようなら見過ごせないね。輪廻、千切。引き続き、調査を頼《たの》むよ」

「もちろんです。また何か進展がありましたら、ご報告します」

輪廻は恭《うやうや》しく頭を下げた。

その場を辞し、千切とふたりで正太郎の部屋を出る。

「やれやれ、面倒《めんどう》なことになりましたね。素人《しろうと》売人をひとり、とっ捕《つか》まえたばかりに」

「ですが、カシラ。あなたは初めから、こうなることを望んでいたのではないですか？」

千切に言われ、輪廻の眉がピクリと上がる。

「どうして、そう思われるんです？」

「ああ、気を悪くしたのならすみません。夜宮十月に襲撃されたとき、あなたがあまりにも生き生きしていたので。ああいう時こそ、カシラの本領発揮なのでしょうね」

「クフッ、さすが叔父貴。私という人間をよく理解なさっている」

これは本心からの言葉だった。たった一度の戦闘《せんとう》で、ここまで輪廻の本性に言及《げんきゅう》するとは。

「人間というのはとても面白いですよ」などと言っていたが、なるほど、確かに観察眼は優れているようだ。

「ともかくこのセミナーについては、もう少し調べてみる必要がありそうですね」

「ええ、お願いします。私の方でも、調査してみますので――」

ふと思い出したように、輪廻が「あっ」と声を出し両手をぱちんと叩《たた》いた。

「そういえば、来週末に私の自宅でパーティーを開催《かいさい》するのですが、叔父貴も良かったら参加しませんか？」

「すみません、週末は用事があるので。カシラと親睦《しんぼく》を深めたかったのに、残念です」

「そうですか。ではまたの機会に」

「ええ、ぜひ。それでは」

千切は軽く一礼し、玄関《げんかん》へと向かう。輪廻は微笑みを浮《う》かべてその背中を見送った。

「さて、私も出かけましょうか。その前に、部屋へ戻《もど》って支度をすませないと」

玉繭地区の端《はし》にある、打ち捨てられたかのような崩《くず》れかけたビル群。

狭《せま》い路地を通り抜《ぬ》け、輪廻はひときわ年季が入った雑居ビルの中へと入る。黒いトレンチコートを羽織り、手にはビジネスバッグ。顔の刺青《いれずみ》さえなければ、商談だか営業へ訪れたビジネスマンに見えるだろう。

ゴトゴトと不穏《ふおん》な音を立てるエレベーターに乗って五階で降り、薄汚《うすよご》れた扉《とびら》が並ぶ廊下《ろうか》を慣れた様子で歩く。

一番奥に位置する扉の前で立ち止まり、手作り感満載《まんさい》の呼《よ》び鈴《りん》を押すと、すぐに「入りな」としゃがれた声が扉の向こうから聞こえてきた。

「失礼します」

ドアノブを回して扉を開けると、土足でずかずかと中へ入る。

埃《ほこり》がうっすら積もった床《ゆか》には、缶《かん》チューハイの空《あ》き缶がそこかしこに転がっている。荒《あ》れ果《は》てた部屋の中には、モニターに囲まれた机がひとつだけ。そこに足をどっかりと乗せ、オールバックの白髪頭《しらがあたま》を後ろで一つにくくった痩《や》せぎすの男が、競馬新聞とにらめっこしている。

「こんにちは、荒神《あらかみ》さん。どうです？　今日は勝てそうですか？」

「さあねえ、今予想立ててる最中だよ」

荒神と呼ばれた男は新聞に視線を向けたまま、投げやりに答える。

「レースが始まる前に、用件を済ませておきたいのですが」

「ああ、もうできてるよ」

荒神が、机の上に置かれたＵＳＢメモリを指さした。

「失礼します」

輪廻はノートパソコンを取りだすと、ＵＳＢメモリを挿《さ》し、指紋《しもん》認証センサーへ指を触れた。

すぐにロックが解除され、ノートパソコンの画面にデータが映し出される。輪廻はそれに素早く目を通していく。

【報告書】
・夜宮十月について
簪区《かんざしく》出身。荒れた家庭環境《かんきょう》に嫌気《いやけ》がさして十代の頃《ころ》から家出を繰《く》り返し、銘仙町の『銘仙スカイビル』周辺の路地裏にたむろする。その後ホストクラブ『アモル・カエクス』で働き始める。内気でおどおどした性格。薬物所持での逮捕《たいほ》歴などはなし。セミナーについては、出入りしていたバーで関係者が働いており、そこで勧誘《かんゆう》を受けたようだ。
・夜宮が所属していると見られるセミナーについて

合同会社ウルペセウスが関連していると見られる。同社はサプリメントや健康食品の卸《おろし》を主に行っている。十年ほど前に創業し、インターネットでの販売《はんばい》を中心に事業を営んでいる。代表者は龍門久則《りゅうもんひさのり》。年齢《ねんれい》・三十二歳、独身。IT系の企業《きぎょう》に五年ほど勤めたのち独立。

プロフィールと共に、丸顔で眼鏡をかけた、いかにも実直そうな七三分けの男の写真が添《そ》えられている。サイトに載《の》っていた狐《きつね》面の男は、もっと頰《ほお》から顎《あご》にかけての輪郭《りんかく》がほっそりしていた。

「……この男は【先生】とは違《ちが》うようですが」

モニターに映る龍門の写真を輪廻が指さすと、荒神が厚ぼったいまぶたを気だるそうに持ち上げた。

「ああ、ソイツは多分無関係だよ。ヤクの取り引きには関わっていそうだけど。【先生】とやらについては、情報がほとんどなくってねえ。団体名もあえてつけてねえな、それ。検索避《けんさくよ》けってヤツだ」

今はインターネットでなんでも調べられる時代。特定の名前をつけてしまうと検索に引っかかり、あっという間にセミナーの存在が明るみに出てしまう。だからあえて、曖昧《あいまい》にしておくのだろう。

「徹底《てってい》していますね」

「後ろ暗いところがあるヤツらがよく使う手だよ。そのサイトに出てた【先生】の写真も本人なのかどうか」

「……と、言いますと」

輪廻が尋《たず》ねると、荒神が手をひらひらと振《ふ》ってみせた。

「【先生】の情報がてんでバラバラなんだわ。会ったことがあるってヤツを片《かた》っ端《ぱし》から当たってみたんだが……性格や職業、見た目の特徴《とくちょう》までぜーんぶ共通点ナシ。こりゃ何人かで【先生】を運営してるのかもしれんね」

それであのおかしな狐の仮面を被《かぶ》っているというのなら、納得がいく。

「【祝福】については何か分かりましたか？」

「それね～。龍門の会社が裏ルートで取り扱《あつか》ってるんだろうけど、肝心《かんじん》の仕入れ先が分かんなくてさ。一応あのクッキーって合法なんだよね。ハッパに含《ふく》まれてる成分を抽出《ちゅうしゅつ》して、クッキーに混ぜ込んであるみたいで。それをセミナーで配って食べさせてるらしい」

「万が一摘発《てきはつ》されても、言い逃《のが》れができると言うわけですか。手が込んでいますねえ。しかし無害というわけでもないでしょう」

「そのクッキーを食ったヤツに話を聞いてみたんだが……頭がぼんやりして、なんか分かんないけどすごくハッピーになって、何でもできそうな気持ちになるって話してたね。自己啓発セミナーとは、相性バッチリだよ」

荒神がぺらりと競馬新聞をめくって言った。ギリギリで法に触《ふ》れていないのであれば、真っ当なルートで海外から仕入れている可能性もあるが、それなら堂々と龍門の会社で通《つう》信販売《しんはんばい》を行うだろう。実際に似たような菓子《かし》を、インターネットで売りさばいている輩《やから》もいるのだし。

やはり【祝福】には、表に出せないような理由があるに違いない。

「いろいろとありがとうございます。最後に、別件についておうかがいしてもいいですか？」

「千切常影についての調査報告だろ？　そっちはデータにするほどのことがなかったから、口頭で伝えるよ」

荒神は机に置いていたポテトチップスの袋《ふくろ》をつまむと、中に残っていたかけらを口に流し込み、くちゃくちゃと咀嚼《そしゃく》した。

「ぶっちゃけると分かったことは、ほとんどなかった。裏社会で生きてるヤツなら、たとえ過去を抹消《まっしょう》しようととっかかりはあるんだが……コイツは情報がさっぱり摑《つか》めなかった」

「おや。執念《しゅうねん》深い荒神さんにしては、珍《めずら》しいですね」

「ただひとつ分かったのは、ガキの頃に母親が死んで天涯孤独《てんがいこどく》ってことだけだ。千切とやらが通っていた高校の同級生に聞いてみたが、施設《しせつ》で暮らしている感じじゃなかったらしい。親戚《しんせき》か知り合いにでも引き取られたのか……あとは成績優秀《ゆうしゅう》、品行方正な優等生で女にモテモテだったってよ」

荒神は投げやりに言うと、ポテトチップスの袋をゴミ箱へ放り込んだ。荒神とは輪廻が蜘蛛縫組に世話になり始めた頃からの付き合いだが、こんなことは初めてだ。

どんなに手がかりが少なく、難易度の高い調査でも、どこからか情報を集めてきては、輪廻を感嘆《かんたん》させるほどの腕前《うでまえ》だというのに。

「おそらく、学校でも同級生とは、表面的な付き合いしかしていなかったんでしょうね」

「だろうな。身寄りがなくなって、人間不信にでもなったんじゃないかね」

確かに、境遇《きょうぐう》から察するにそうなってもおかしくない。だが、輪廻にはもっと深い理由があるように思えた。意図的に他人を近づけず、いつ消えてもいいように準備しているような――

「いろいろとありがとうございます。これは残りのお支払《しはら》い分です。どうぞご確認ください」

シャツの胸ポケットから分厚い封筒《ふうとう》を取り出し、机へ置く。荒神は封筒の中から札束を取りだして数えると、小さくうなずいた。

「まいど。またなんかあったら連絡《れんらく》チョーダイ」

荒神が片手を上げてひらひらと手を振る。輪廻は微笑《ほほえ》んで軽く会釈《えしゃく》をし、部屋を出た。

「……あの荒神さんでもお手上げとは。さすが叔父貴《おじき》といったところですか。クフッ、面白くなってきましたねえ」

――週末。

「ただいま戻《もど》りました～！」

両手にドーナツショップの紙袋《かみぶくろ》を提げた万亀川が、勢い良く玄関《げんかん》を開けて中へと入ってきた。その後ろには、ケーキが入った箱を抱《かか》えた虎山と、ポップコーン屋の袋を抱えた蛇ノ目が立っている。

蜘蛛縫組の事務所から数百メートルほどの距離《きょり》にある、古びた高層マンションの一室。ここは輪廻の自宅である。

「お帰りなさい。お使い、しっかり果たしてきたようですね」

エプロン姿で出迎《でむか》えた輪廻が、にっこりと笑った。

「いや～リストにある店全部回るの大変でしたよ～。ところでカシラ、外壁《がいへき》って工事とかしました？」

蛇ノ目が、ポップコーン屋の袋を輪廻に手渡《てわた》しながら尋ねてくる。

「？　いえ、特に何もしていませんが」

「そうなんですか？　外に出たとき、出窓の裏になんか貼《は》り付けてあるのが見えたんで、業者が修理でもしたのかなーって」

「マンション全体の改修が入ったのかもしれませんね。確認しておきます。さあ、皆《みな》さんの衣装を部屋に用意してあるので、着替《きが》えたらリビングへ集合してくださいね。私はその間に準備を済ませておきますから」

輪廻はそう言うと、いそいそとリビングへ戻っていった。


——十数分後。

「ああ……素晴らしい。完璧《かんぺき》な配置です」

輪廻はうっとりとリビングを眺《なが》め回した。

普段《ふだん》は殺風景な打ちっぱなしコンクリートの室内には、パステルカラーのヘリウムバルーンがそこかしこに浮《う》いている。ふわふわの雲を模したソファの上には愛嬌《あいきょう》たっぷりの表情を浮かべたユニコーンや怪獣《かいじゅう》の編みぐるみが並べられ、白いテーブルには生クリームたっぷりのカップケーキやカラフルなマカロンがどっさり載ったアフタヌーンティースタンド。どれを取ってもSNS映え間違《まち》がいなしだ。

ただし、参加者全員が脛《すね》に傷持つ極道者という一点を除いては。

「では、始めましょうか。皆さん、今月もお疲《つか》れ様でした。存分に食べて飲んで、日ごろの疲れを癒やしてくださいね」

ピンク色の丸い耳がついたモコモコパーカーを着込んだ輪廻が、両手をパチンと合わせて裏返った声で言うと、同じく、可愛らしい耳つきフードのパーカーを着せられた舎弟たちは「はーい」と元気よく返事をし、めいめいテーブルに並べられた菓子に、手を伸《の》ばし始めた。輪廻もそれに交じり、目についたポップコーンをつまんで口に放り込む。

「このキャラメルデビルポップコーン、なかなかいけますね」

「そうでしょう⁉ 二時間並んで買ったんですよ～！」

キャッキャとはしゃぎながらお菓子をつまむ彼らの姿は、一見すると仲むつまじく微笑ましい。

「一口でブッ飛べる美味《おい》しさ……たまりませんね。このまま夢の世界へイってしまいそうです」

時折飛び出す単語は、まったく穏《おだ》やかではないが。

輪廻主催《しゅさい》のこのパジャマパーティーは、月に一度ほどのペースで開催《かいさい》されている。表向きは、日々自分の手足となり勤勉に働いている舎弟たちを、カワイイものと美味しいお菓子でねぎらいたい――という趣旨《しゅし》なのだが。

実状は単なる輪廻の趣味《しゅみ》なのだった。

とはいえ舎弟たちもまんざらではなく、めいめいお菓子を持ち寄ってこのパーティーを楽しんでいるのだった。

「カシラ！　そのパジャマ、イケてますね！」

蛇ノ目に褒《ほ》めそやされて、輪廻は頬《ほお》を緩《ゆる》ませる。

「クフフッ、この日のために誂《あつら》えた新作ですよ。どうです？　愛らしいでしょう？」

「メッチャ可愛いです！　さすがカシラ！」

「俺たちの分まで毎回用意してくださってありがとうございます！」

口々に礼を言われ、輪廻はご満悦だ。

「そうだ、今月の新作ですよ。どうぞ受け取ってください」

輪廻は立ち上がり、小さなクマの編みぐるみを舎弟たちへ順番に手渡した。

「わ〜！　カワイイ！　ありがとうございます！」

「カシラからの贈《おく》りもの、一生大切にします！」

舎弟たちはここぞとばかりに口をそろえて輪廻を褒めたたえる。

そう、そこかしこに散らばっている編みぐるみたちは、全て輪廻のお手製。何を隠《かく》そう輪廻の趣味は、編みぐるみづくりなのだった。

この会は輪廻の新作発表会の場と言っても過言ではない。丹誠《たんせい》込《こ》めた輪廻手作りの編みぐるみを絶賛するのも、舎弟たちの仕事の一つなのである。

「この大きなクマの編みぐるみ、超可愛《ちょうかわい》いですね〜！」

蛇ノ目、がソファに寄り掛《か》かるようにして座っている大きなクマの編みぐるみを、ポンと叩《たた》く。すると、輪廻の目がキラリと光った。

「クフッ、当然ですよ。クマ五郎《ごろう》はお嬢《じょう》へプレゼントするために、最高級の素材を使用し半年かけて制作した超大作なのですから」

クマ五郎を愛しげに撫《な》で回し、輪廻がうっとりと空を仰《あお》ぐ。

「来月は私とお嬢が初めて邂逅《かいこう》した記念すべき日が訪れます。今度こそ、私の愛がこもったこの贈りものを！　お嬢に！　受け取っていただきたいのですッ……！」

感極まってクマ五郎の腹に顔をうずめ、高速頬ずりを始める輪廻。そんな彼を舎弟たちは温かく見守っている。毎月のことなのでもう慣れたものだ。

「皆さん、ご存じでしたか？　私の名前とお嬢の名前——どちらも『輪』が入っているのです！　これはもはや天啓《てんけい》！　私とお嬢は生まれながらにして一蓮托生《いちれんたくしょう》！　これはもはや運命ですッ！」

自らを抱《だ》きしめ身をくねらせて、輪廻が恍惚《こうこつ》とした表情を浮かべる。これもまたいつものことだ。自己陶酔《とうすい》タイムを終えると、輪廻はスッと平静さを取り戻し、テーブルのドーナツへ手を伸ばした。

「そういえば、蛇ノ目。お願いしていたお使いはちゃんとできましたか？」

ドーナツをほおばりながら、輪廻が尋《たず》ねる。

蛇ノ目は「バッチリです！」と元気よく答え、意気揚々《いきようよう》と報告を始めた。

「素人売人《しろうと》界隈《かいわい》に潜《もぐ》り込んで話を聞いてきたんですけど、やっぱ皆【祝福】配ってる奴《やつ》らには迷惑《めいわく》してるって言ってました」

「界隈でも有名なようですね。それで？」

「一応素人とはいえ、界隈にはルールってモンがありますからね。あいつらはマジでド素人らしくて、取り引き現場に横入りして人の客を平気で取るらしいんですよ。売ってるのはパッと見サプリみたいなんですけど、多分ドラッグ入りじゃないかって。あと、タダでいいからもらってくれって、変な名刺《めいし》と一緒《いっしょ》に【祝福】を押しつけたりとか」

そういえば、売人叩きから助けた青年も夜宮も、【祝福】に関しては金を取ろうとしなかった。どうやらセミナーの勧誘《かんゆう》のために使っているようだ。

「そんで、注意すると『【タスク】の遂行《すいこう》のためにご協力ありがとうございます』とか礼を言われるらしくって。しまいにはこんな腐《くさ》った仕事から足を洗わないか、自分と一緒に【先生】のもとで魂《たましい》のステージを【ランクアップ】させる鍛錬《たんれん》に励《はげ》もうとか、意味分かんないこと言い出して気持ち悪いって話してました」

「なるほどねえ」

輪廻はドーナツを咀嚼《そしやく》しつつ、考える。

「それで今度、何かリアル集会があるみたいですよ」

抱いている編みぐるみのほっぺたをむにむにと弄《もてあそ》びながら、蛇ノ目が言う。

基本的にセミナーはオンラインなのだが、半年に一度、リアルで集会が行われるとのこと。

そのため、皆《みな》ノルマをこなさなくてはと励んでいるようだ。

「そんで、俺が話を聞いた売人も、イベントに来てくれって二次元コードつきの名刺を押し付けられたらしくって。試しに読み込んでみたら、変な集会の写真とか動画が出てきて気持ち悪かったたっつってました」

「その名刺は、手元にありますか？」

輪廻が尋ねると、蛇ノ目がポケットから名刺を取り出した。

「はい、そいつからもらってきました。ちょっとグチャってててすみません」

蛇ノ目から名刺を受け取ると、輪廻はスマホで二次元コードを読み込む。

すると【定例報告会のお知らせ】というタイトルの特設サイトへ繋《つな》がった。前回見たセミナーの紹介《しょうかい》サイトとはまったく違《ちが》うものだ。

「えー、なんスかこれ？」

万亀川がスマホをのぞき込み、怪訝《けげん》そうな顔をする。

「自己啓発《けいはつ》セミナーのイベント案内のようです。彼らはこのイベントに有望な新人を連れてくることで、セミナー内での評価が上がるのでしょう」

舎弟たちに説明しながら、サイトの文言に目を走らせた。前回のセミナーの様子を収めた動画が貼《は》り付けてあったので、再生してみる。

『それでは皆さん。最後に【自分を愛するための歌】を歌いましょう！』

『ららら♪　ららら♪　幸せ〜♪　自分を♪　抱きしめて♪　愛そう♪　自分を♪　好きになろう♪』

ピアノの伴奏《ばんそう》に合わせて、会員たちが一心不乱に大声で歌う姿が映し出されている。なんてセンスがない歌なんだろうか。聴《き》いているだけで耳が腐りそうだ。そしてその動画の下には、こんな一文が書かれていた。

【会員からのご紹介を受けた皆様《みなさま》を、特別にこの会へご招待いたします！　この会に一般《いっぱん》公募《こうぼ》はありません。今回だけの特別な機会となっております。新規会員登録の上、奮ってご参加ください】

会場は、小紋《こもん》コンベンションセンター。普段《ふだん》は企業《きぎょう》の合同就職相談会や展示会等が行われている、それなりに大きな施設《しせつ》だ。

特設サイトを見てみるとアンバサダーに芸能人の名前が並んでおり、なかなか豪華《ごうか》な催《もよお》しのようだ。

会員登録の項目《こうもく》を見ていくと、ごく一般的な記入欄《らん》と並んで、写真付きの身分証明書の提出が求められている。

輪廻はスマホの画面をタップし、新規会員登録欄に情報を打ち込み始めた。

「カシラ、このイベント行くんスか⁉」

蛇ノ目がすっとんきょうな声を上げた。輪廻は構わず、黙々《もくもく》と情報入力を続けている。

「面白そうじゃないですか。こんな大きな釣《つ》り針《ばり》は、なかなかないですよ。やはり現場に足を運ばないと、摑《つか》めない情報もありますからねえ」

「はあ……」

蛇ノ目は、良く分からないといった様子で輪廻を見ている。

「登録完了《かんりょう》……っと。クフッ、楽しみですねえ」

輪廻がニヤリと笑みを浮《う》かべる。もちろん会員情報は全て嘘《うそ》っぱち。身分証明書もあらかじめ偽造《ぎぞう》したものを使っている。

「カシラ、俺たちも一緒に行かせてください。カシラひとりを、危険な目に遭《あ》わせるわけにはいきません！」

決意に満ちた顔で、万亀川が輪廻へ向かって宣言する。蛇ノ目と虎山も力強くうなずいた。

「仕方ありませんねえ。もう私の紹介で入れるようなので、こちらで会員登録を済ませてください」

すでに登録されている輪廻の会員ページには、発行された二次元コードが誇《ほこ》らしげに貼り付けられている。舎弟たちは競い合うようにして自分のスマホで二次元コードを読み取り、こぞって登録を始めた。

「くれぐれも、本当のことを書いてはいけませんよ？」

「分かってますって！」

ひととおり舎弟たちが登録を終えると、

「蛇ノ目、よくできました。ご褒美《ほうび》にこれをあげましょう」

にっこり笑って、棒キャンディを差しだす。

蛇ノ目は無邪気《むじゃき》に「ありがとうございます！」と大喜びで受け取ってくれた。

「そういえばカシラ、叔父貴《おじき》とは最近どうですか？」

虎山に尋《たず》ねられ、輪廻はさらりと答えた。

「どうもこうも、仲良くやっていますよ？」

本当は、調査で行動を共にしているとき以外は、ろくに口も利いていないのだが。そもそも千切は一日中ぶらぶらしているだけで、仕事らしい仕事など何もしていない。

事務所へ顔を出すたびに、千切の様子をうかがっているのだが、だいたいは優雅《ゆうが》に正太郎と茶を飲んだり将棋《しょうぎ》を指したりしている。

暇人《ひまじん》のフリをしているのではないかと、輪廻はにらんでいる。本当に遊んでいるのなら、【祝福】の効能やら流通経路だのを摑んでいるはずがないし。

「そういえば俺、この間、街中で叔父貴を見かけて。どこへ行くのか気になってつけてみたんスよ！」

万亀川がクッキーをかじりながら得意げに話し始めた。

千切はその日、本屋へ立ち寄って文庫本を買って喫茶店《きっさてん》にふらりと入り、コーヒーを飲みながら、何時間もひとりで本を読んで過ごしていたらしい。

「サボりですよサボり！　まったく優雅でうらやましいですよね〜！」

ここぞとばかりに不満をぶつける舎弟たちを、輪廻は穏《おだ》やかになだめた。

「それはそれは。ですが叔父貴は、親父《おやじ》の心の拠《よ》り所となる存在です。サボりに見えて、何か大切な役目を果たしているのかもしれませんよ」

「カシラ……さすが心が広いッス！」

舎弟たちは目を輝《かがや》かせ、尊敬の眼差しで輪廻を見上げた。

「クフフッ、この程度でいちいち腹を立てていてはこのお役目は務まりませんよ。ですが、叔父貴は舎弟も持たずひとりで行動されているので、心配ですねえ。お前たち、これからもきちんと見守ってあげてください」

輪廻がそう言うと、舎弟たちは無邪気に「承知しました！」と元気よく返事をした。

「あ、そうだ。今ので思いだしたんスけど……俺、叔父貴の件でカシラに伝えておきたいことがあって」

万亀川が、やや深刻そうに切り出す。

「？　何でしょうか？」

「お嬢《じょう》が叔父貴になんか……手作りのお菓子《かし》みたいなのを、渡《わた》してて」

「手作りの……お菓子？」

ぼろっ、と輪廻の口からドーナツのかけらがこぼれ落ちる。

「それは、確かなんですか？」

「……クッキーだと思うんですけど、市販《しはん》のものにしては形が不格好でしたし。あれは手作りなんじゃないかな～って。あっでも、俺の勘違《かんちが》いかもしれません！」

付け加えるように万亀川が言うが、輪廻の耳には届いていないようだ。

「……忠告、したのに。叔父貴……懲《こ》りないお方ですね……」

ゆらり、と輪廻が立ち上がる。瞳《ひとみ》は光を失い、どこまでも漆黒《しっこく》の闇《やみ》が広がっている。ぞっ、と舎弟たちの背中に悪寒が走った。

「……お嬢に群がる悪い虫は、排除《はいじょ》しないといけませんよねえ？　そう思うでしょう？」

輪廻がゆっくりと首を回し、舎弟たちへ同意を求める。舎弟たちは無言でひたすら首を縦に振《ふ》るしかなかった。

「さて、そろそろ会はお開きです。皆さん、後片付けをお願いしますよ」

パンパンと輪廻が手を叩《たた》くと舎弟たちが立ち上がり、食べ散らかした菓子を片付け始めた。輪廻はクマ五郎《ごろう》の頭を撫《な》でて、ニィっと不気味な顔で微笑《ほほえ》みかける。

「今のお話、よぉく覚えておいてくださいね？　クマ五郎」

——それから、一週間ほどが経った。

「カシラ、どこから見ても立派なカタギっスよ！　とてもヤクザには見えません！」

「クフッ、ありがとうございます。ですが、あまり大きな声で言わないように。周りの方々に聞こえたらまずいですからね」

「あ……っ、す、すみません！」

やんわりと輪廻に注意され、万亀川が慌《あわ》てて口を押さえた。

今日は、待ちに待ったイベントの日。輪廻と舎弟たちはこの日のためにカタギになりきれるよう衣装をそろえ、バッチリとヘアメイクを施《ほどこ》して小紋コンベンションセンターへ向かっているというわけである。

「今回は演劇用のドーランを購入《こうにゅう》してみたのですが、効果抜群《ばつぐん》でしたね。刺青《いれずみ》が綺麗《きれい》さっぱり消えました」

輪廻が額の右側を確かめるように撫でた。そこに彫《ほ》られているはずの蜘蛛《くも》の巣《す》を模した刺青は、跡形《あとかた》もなく塗《ぬ》り潰《つぶ》されている。

いつもかけているサングラスから度なしのふちなし眼鏡に替え、ベストの下に着用している真紅のシャツを、白に替える。裏地に蜘蛛の模様が刺繡《ししゅう》されているジャケットも、今日は部屋で留守番だ。

「なんだかカタギの勤め人のようで、落ち着きませんねぇ」

きっちりと締《し》めたネクタイをさすりつつ、輪廻がぼやく。

「デキるビジネスマンって感じで、カッコイイッスよ！」

蛇ノ目がはしゃいで言う。それはそれで悪くないな、と思いつつコンベンションセンターへ続く階段をのぼると、入り口にいくつか看板が立てられていた。

『ウイナビゲート合同インターンシップＥＸＰＯ』『一般《いっぱん》社団法人家具振興協会主催《しんこうきょうかいしゅさい》　全国家具見本市』など、数々の催《もよお》しが行われているようだ。

その中で『リアルセミナー』とだけ記された真っ白な看板は、ひときわ存在感を放っていた。

「なんか……気持ち悪いっすね。なんでこれだけしか書いてないんだろう」

セミナーの看板を、虎山が指さす。他の催しと違って主催団体やイベントの目的が一切書かれていないのは、確かに異質だ。

「どうやらネットから検索《けんさく》されて特定されないよう、徹底《てってい》的に正体を隠《かく》しているようですよ」

輪廻に教えられ、舎弟たちはへーっと感心した。

「えーっと、セミナーの会場はＣホール……こっちみたいっスね」

会場案内図と見比べながら歩いていると、だんだんと周囲の人間の雰囲気《ふんいき》が変わっていくのを感じる。

全身から無駄《むだ》にやる気がみなぎっているというか。この日のために準備を重ねてきたのだという暑苦しいくらいの晴れがましさに当てられて、胸やけがしそうだ。

そんなエネルギーに満ち満ちた集団の中、目の前を歩く二人組の男性の会話が漏《も》れ聞こえてくる。

「……本当にこんなんで、うまくいくのかなあ……」

ボサボサの黒髪《くろかみ》に酷《ひど》く度が強そうな黒縁《くろぶち》眼鏡をかけた陰気《いんき》そうな青年が、消え入りそうな低い声でぼやく。それをツイストパーマの男が、明るく励《はげ》ましている。陽《ひ》に焼けた肌《はだ》に、唇《くちびる》の隙間《すきま》からこぼれる真っ白な歯。漂白《ひょうはく》したかのような爽《さわ》やかさが胡散臭《うさんくさ》い。

「大丈夫《だいじょうぶ》だって！　俺も【先生】のおかげで、今すっごく毎日が充実《じゅうじつ》してるんだ。お前もセミナーに参加すれば、すぐに【圧倒的《あっとう》成長】と【成功】を手に入れられるよ」

「うーん……そうだといいけど」

陰気な青年は口元に手を当てて、何か考えているようだ。おそらくこのセミナーを怪《あや》しんでいるのだろう。

彼らはどうやら、友人同士のようだ。陰気な青年が、ツイストパーマの男に勧誘《かんゆう》されて連れてこられたらしい。

陰気な青年は穿《は》き古したジーンズに手を突《つ》っ込《こ》み、背中を丸めて歩いている。これからさんざん食いものにされるのだろう。

輪廻はのろのろと歩く彼らを追い越《こ》し、Cホールへと向かう。

ホール前に『リアルセミナーの受け付けはこちら』とプラカードを持った女性が立っている。

受け付けでは身分証明書の提示を求められたので、あらかじめ財布に入れておいた偽造《ぎぞう》運転免許証《うんてんめんきょしょう》を差しだす。顔写真も、しっかり今日の変装に合わせて差《さ》し替《か》え済みだ。

「ありがとうございます。それでは中へお入りください」

同じく偽造免許証で受け付けを難なくこなした舎弟たちと共に、案内された席へ着く。

輪廻たち新規会員は、最前席に集められているようだ。

周りの様子を観察すると、比較《ひかく》的若者が多い。皆《みな》どこにでもいる、ごく普通《ふつう》の人間に見える。

そんな中、先ほど見かけた二人組が、後ろの席でヒソヒソ話しているのが目に入った。

相変わらず不安そうにしている陰気な青年の肩《かた》をガッチリとたくましい腕《うで》で抱《だ》き寄《よ》せ、ツイストパーマの男が笑顔で何やら諭《さと》している。

果たしてツイストパーマの彼は、陰気な青年をみごと口説き落とせるのだろうか？

（楽しみですねえ）

ひとりほくそ笑んでいると、場内にアナウンスが響《ひび》いた。

『皆様、本日はリアルセミナーへご来場くださり、まことにありがとうございます。これより、イベントを開始いたします』

軽快なファンファーレと共に、グレーのスーツ姿の真面目《まじめ》そうな男性が、ステージへ登場した。

「あっ！　あの人、朝田《あさだ》アナじゃないですか⁉　朝の情報番組の！」

蛇ノ目が輪廻へ耳打ちする。

「さあ……私はテレビを観ないので、分からないですね」

しかし蛇ノ目だけでなく、万亀川や虎山も「すごい」「本物だ～」とはしゃいでいる。

どうやらそれなりに有名人のようだ。

「司会を務めさせていただく朝田です。よろしくお願いします。いやあ、すごい人ですね、驚《おどろ》きました！　これも【先生】の人徳ゆえでしょうか」

朝田アナは会場を見回し、感嘆《かんたん》の声を上げる。

「私、初めてこのイベントのお仕事をさせていただくので、不慣れなこともあるかと思いますが、よろしくお願いします」

朝田アナが頭を下げると、会場から拍手《はくしゅ》が巻き起こった。

「さて、それではまず、新規会員の皆さんのご紹介《しょうかい》をいたします。最前列に座っている皆さん、ご起立ください」

言われるままに、輪廻と舎弟たちも立ち上がる。会場中の視線が、輪廻たちへ集まった。

「高い志を抱《いだ》いて新しい扉《とびら》を開こうと決意した、勇気ある同志の方々に盛大な拍手をお願いします！」

朝田アナが片手を客席へ向けて伸《の》ばしてみせると、割れんばかりの拍手が会場から巻き起こった。

輪廻が心を無にして拍手を受けていると、隣《となり》に立っている万亀川たちはまんざらでもない様子で照《て》れ臭《くさ》そうに頭をかいている。

「へへ……なんか恥《は》ずかしいけど、悪くないッスね、こういうの」

「みんなの前で拍手されるなんて、小学校以来だなあ」

こんなことがそんなに嬉《うれ》しいのかと不思議なのだが、舎弟たち以外の人間も似たような反応だ。こうやって褒《ほ》め殺すことで警戒心《けいかいしん》を解いているのだろうか。

「ありがとうございました。それでは最前列の皆様ご着席ください。続いて特別ゲスト、俳優の伊月《いつき》ソウさんの登場です！」

おおおお、と会場内がどよめく。

「……どなたですか？」

万亀川へ尋《たず》ねると、

「カシラ、知らないんですか⁉　こないだの朝の連続ドラマシアターに出てましたよ！　あと『真夜中ランチ』とか！　ヌットフリックスでもやってたじゃないですか！」

――と興奮気味に語ってくれた。朝田アナに続き、彼もそれなりに知名度がある人物のようだ。

「それでは伊月さん、どうぞ！」

きらびやかなジングルと共に、スモークが焚《た》かれ、すらりとした長身の若い男性がステージ袖《そで》から現れた。なるほど、確かにイケメンだ。

客席のテンションも一気に上昇《じょうしょう》。「すごい、本物だ！」「伊月さんが来てくれるなんて……」とあちらこちらから感嘆の声が上がる。やや居心地《いごこち》が悪そうにしていた最前列の新規会員たちも、伊月にすっかり目を奪《うば》われている。

伊月はステージの中心まで進むと、ぐるりと会場を見渡《みわた》した。

「皆さん、初めまして。伊月ソウです。今回はお忍《しの》びでここへ来ています。私のような新参者がこんな大きなステージに立つなんてと、ずっとお断りしていたのですが、迷える会員の皆さんの背中を押してくださいと請《こ》われて、ここへ登壇《とうだん》することを決めました」

会員たちが、うんうん、と力強くうなずく。会場内が一体となって、伊月の話に耳を傾《かたむ》けている。

「私は数年前、人生に行き詰《づ》まっていました。役者を目指してアルバイトを続けながら、オーディションを受ける日々。なかなか役がもらえずこのままでいいのかと悩《なや》んでいる時【先生】と出会ったのです。【先生】は私に生きるための道標を与《あた》えてくださいました。今私が俳優として精力的に活動できるのは【先生】のおかげです。【魂《たましい》のステージ】が【ランクアップ】したことにより、生きやすくなりました。今は景気も悪いし生活もなかなか楽にならない。周りの目が気になって会社や学校でもうまく自分を出せない人が多いと思う。そんな、生きづらさを【先生】が全て解消してくださいます！　皆さんもぜひ【ランクアップ】目指して頑張《がんば》ってください！」

またもや会場中から割れんばかりの拍手が巻き起こる。中には、感極まって泣いている参加者もいる。

一体今の話のどこで涙腺《るいせん》を刺激《しげき》されたのか。理解不能だ。

その後も芸能人が多数登壇し、軽快なトークを繰《く》り広げる。細かなエピソードは違《ちが》うものの、要約すると伊月ソウが話していた内容と似たり寄ったりだった。

その後は【ランクアップ】した会員の表彰《ひょうしょう》だの、彼らの談話だのが延々と続く。いい加減退屈《たいくつ》であくびが出そうだ。もしかしたら今日は【先生】は登場しないだろうか。

ならば適当なところで退席しようかと考え始めた頃《ころ》――

「さあ、それでは本日のメインイベント！　【先生】との対話です！」

朝田アナが声のトーンを上げ、大げさな身振《みぶ》りでステージに設置されたモニターを指した。真っ黒だったモニターがパッと明るくなり、狐《きつね》面を被《かぶ》った男の姿が映し出される。途《と》端《たん》に、会場内から悲鳴に近い歓声《かんせい》が上がった。壇上《だんじょう》に設置されたパイプ椅子《いす》に座っている芸能人たちも、割れんばかりの拍手を送る。

「【先生】がこのモニター越《ご》しに、皆さんの相談に答えてくださいます。相談できるのは【プラチナ】会員以上の方限定ですので、ご注意ください！」

「なんだ～俺たちは質問できないんですね、これ」

蛇ノ目が肩を落としてしょんぼりする。むしろ何か相談するつもりだったのが驚きだが。こうやってランクにより特典をつけて、会員たちの競争心を煽《あお》っているのだろう。

「【先生】に質問がある方は、挙手してください！」

会場中から何本も手が挙がる。朝田アナに指名された会員が、すっくと立ち上がった。

「私は、【先生】の言う通り、必死に研鑽《けんさん》を積んで参りました。ですが家族に、お前は騙《だま》されている、一刻も早くこんな会は抜《ぬ》けろと言われてしまいます。家族の理解を得るためにはどうすれば良いのでしょうか？」

理解など得る必要はない。邪魔《じゃま》だと思うならブチのめせば済む話だ。

輪廻なら、そう一蹴《いっしゅう》するだろう。だが、そんな答えを期待していないことくらい分かる。

【先生】は穏《おだ》やかな声で、会員へ語りかけた。

「あなたは今、試練の真《ま》っ只中《ただなか》にあります。おそらく家族の皆さんは、輝《かがや》いているあなたに嫉妬《しっと》されてるんだと思います。人間というのは、自分と違う相手を排除《はいじょ》しようとしがちです。ですが、ここで足を引っ張られてはなりません。今はしっかりと信念を抱き嵐《あらし》に耐《た》えるのです。そうすればきっと【魂のステージ】が上がり、【ランクアップ】できるでしょう」

「ほ……本当ですか？」

「ええ。あなたの不安を私が全て引き受けます。さあ、私の胸へ飛び込んできてください」

【先生】が大きく手を広げる。質問した会員の目に、大粒《おおつぶ》の涙《なみだ》が浮《う》かんだ。

「【先生】……！」

会員は涙を流し、モニターへ向けて両手を広げる。【先生】が抱《だ》きしめるような仕草をすると、嗚咽《おえつ》を漏《も》らして泣きじゃくり始めた。

そんな様子に感動したらしく、会場のあちこちからすすり泣きが聞こえてくる。盛り上がる会場の空気に反して、輪廻のテンションはみるみる下がっていく。尻《しり》がむずむずして座りが悪い。早くこんな茶番は終わらないだろうか。

そんな輪廻の願いも虚《むな》しく空々しい一問一答が続き、そのたびに【先生】がエアハグを繰り返す。信者は涙を流してモニター越しに【先生】とエア抱擁《ほうよう》を繰り返す。見せつけられている輪廻としては、もはや苦行だ。もしかしたらこれも、修行の一種なのではとすら思えてくる。

『ららら♪　らら♪　幸せ〜♪　自分を♪　抱きしめて♪　愛そう♪　自分を♪　好きになろう♪』

以前動画で見た気持ち悪い合唱が脳内再生されて、鳥肌《とりはだ》が立つ。まさか今日もアレを聞かされるのだろうか？　生で聴《き》いたら頭がどうにかなりそうだ。

そんな地獄《じごく》のような時間が続き、ようやく質問コーナーは終わりを告げた。

「最後に、【先生】から大切な話がございます。皆《みな》さん、しっかりと聞いてくださいね」

ようやく最後か……と内心安堵《あんど》しつつ、モニターを眺《なが》める。【先生】は会場中を見回すように、頭をゆっくりと左右に振《ふ》った。

「会員の皆さんの頑張りで、ようやくここまで来られました。けれどまだまだ道は途中《とちゅう》。これからも皆で協力しあって【魂のランクアップ】に励《はげ》みましょう」

穏やかに、諭《さと》す声。まるで柔《やわ》らかな毛布に包まれているかのような心地よさすら感じさせる。これまでの人生で、相手の声の良し悪しなど気にしたこともなかったが、彼の声はひときわ快く感じる。

「もうすぐ、私たちの悲願である施設《しせつ》が完成します。この施設が完成すれば、皆さんは雑念に囚《とら》われることなく、鍛錬《たんれん》に励むことができます。あと少しの辛抱《しんぼう》です。それまでどうか皆さん、偏見《へんけん》や差別に押しつぶされず、自分をしっかりと持ってください。大丈夫《だいじょうぶ》です。私の言うことを聞いていれば全てうまくいくのですから。粛々《しゅくしゅく》と【タスク】をこなし、魂を美しく磨《みが》くのです」

この甘い声を聞いていると、なんだか頭にモヤがかかったような感覚に囚われる。何も考えられなくなって、眠《ねむ》くなりそうな――

「【先生】の導きに従っていれば、何もかも全てうまくいく……」

両隣《りょうどなり》から、念仏のようにブツブツと、何かをつぶやく声が聞こえてくる。

はっとして左右を見回すと、万亀川と蛇ノ目が口からヨダレを垂らし、虚《うつ》ろな目でじっとモニターを見上げている。万亀川の隣に座っている虎山も同様だ。

そこへケープを被《かぶ》った女性が現れ、クッキーを皆に配り始めた。

「さあ、それでは最後の仕上げです。皆で【祝福】をいただきましょう」

【先生】が優しい声で呼びかけると、会員たちが一斉《いっせい》にクッキーを手に取り、口を大きく開ける。

舎弟たちも周囲の会員と同様に、大きく開けた口にクッキーを運ぼうとした。

「――……ッ！」

輪廻は咄嗟《とっさ》に壇上へ駆《か》け上がると、パイプ椅子に座っていた伊月ソウを突《つ》き飛《と》ばす。哀《あわ》れな伊月は転倒《てんとう》し、あっけなく床《ゆか》へ転がった。

「うわっ⁉　ちょ、ちょっと、何を……」

伊月が座っていたパイプ椅子をひっつかみ、モニターへ向かって渾身《こんしん》の力で叩きつける。

ガシャン！

液晶《えきしょう》が割れてステージへ飛び散る。ビクッと舎弟たちの肩《かた》が震《ふる》え、目に光が戻《もど》った。

「カシラ⁉　何してるんスか⁉」

ステージに立っている輪廻を見て、舎弟たちが叫《さけ》ぶ。輪廻は呆《あき》れ顔で、パイプ椅子を投げ捨てた。

「目が覚めたようですね。まったく……この程度で搦《から》め捕《と》られないでくださいよ」

「え、今のは何……？」

「もしかして、こういう演出なの……？」

「前に来た時は、こんなのなかったけど……」

モニターから先生の姿が消えた途端、会員たちの間に疑念が広がる。どうやら、あの気持ち悪い一体感は、無事にかき消えたようだ。

「もう用は済みました。とっととずらかりましょう」

ステージから降りようとすると、いかにもチンピラといった風体の男たちがどこからともなく現れ、輪廻を取り囲んだ。

「おいおい。これ会場の備品なんだけど。どうしてくれんの」

「大変申しわけございません。足が滑《すべ》ってしまいまして」

「ずいぶん長い足だな、おい。弁償《べんしょう》費用いくらすると思ってんの？」

「そうですねえ、体でお返しするというのはどうです？」

「テメェのタマで償《つぐな》うってか？　いい度胸だ。気に入ったぜ」

男たちがジリジリと距離《きょり》を縮め、一斉《いっせい》に飛びかかった！

輪廻は身をかがめて、ブレイクダンスよろしく体を回転させ、足を高く上げるのと同時に彼らの顎《あご》を蹴《け》り上げる。会場から悲鳴が起こり、会員たちが一気に出口へ押し寄せた。

「お、落ち着いてください！　まずは誘導《ゆうどう》に従って……」

ステージの袖《そで》に引っ込んだ朝田アナが震えた声でアナウンスをする。こんな時でも役目を果たそうとするとは、見上げたプロ根性だ。

「ふざけんじゃねーぞ。コラ！」

ステージから飛び降りた男たちが手当たり次第に椅子《いす》を投げまくる。出口に集まる会員たちへ椅子が飛んできた。その時だった。

会員たちの前に立った銀髪《ぎんぱつ》の男が、片手で椅子を撥《は》ね飛ばした。

壇上《だんじょう》に立っている輪廻が、役者よろしく両手を広げて大げさに驚《おどろ》いてみせる。

「これはこれは、叔父貴《おじき》ではありませんか。いらしていたんですね」

「カシラ、派手にやってくれましたね」

　千切が、つかつかと輪廻の前へ進み出る。

「戦うのは構いませんが、一般人《いっぱん》を巻き込まないでください」

「仕掛《しか》けてきたのは、あちらですよ？　それに売られた喧嘩《けんか》は買ってもいいと、組のしきたりで決まっていますから」

　輪廻の答えに、千切が呆《あき》れたようなため息をつく。予想外の助っ人登場に、男たちが色めき立った。

「なんだァ、テメェは」

「即刻《そっこく》ここから立ち去ってください。今なら、見逃《みのが》して差し上げます」

　千切が静かに告げると、男たちはゲラゲラと笑い始める。

「それはこっちのセリフだ、ボケ！」

　殴《なぐ》りかかる男たちを、千切が軽くいなす。

　背後で逃《に》げ惑《まど》う会員たちを、ツイストパーマの男が誘導しているのが見えた。

（やはり、私の見立て通りでしたね）

　おそらくあのツイストパーマの男は、何らかの目的があってこのセミナーに潜入《せんにゅう》していたのだろう。

そして一緒にいた陰気《いんき》な青年は煙《けむり》のように消え去っている。彼の正体は目の前にいる千切常影に違《ちが》いない。

彼らの姿を目にした時、からもしやと疑っていたのだが――

『大丈夫だって！　俺も【先生】のおかげで、今すっごく毎日が充実《じゅうじつ》してるんだ。お前もセミナーに参加すれば、すぐに【圧倒的成長《あっとう》】と【成功】を手に入れられるよ』

『うーん……そうだといいけど』

陰気な青年があの時に見せた、口元へ手をやる仕草。あれは何かを考えているときの千切の癖《くせ》だ。いくら声音や容姿を変えても、癖だけは完全に隠《かく》し通せないらしい。

おそらく変装してホールへ入り、適当なところで抜《ぬ》け出して着替《きが》えたのだろう。探偵《たんてい》ものの映画やドラマじゃあるまいし、よくもまぁそこまで手の込んだ真似《まね》ができるものだ。

千切が襲《おそ》いかかってきた男の手首を捻《ひね》り、折れるギリギリまで締《し》め上げる。

「おとなしくしてください。そうすれば身の安全は保証します」

「いでで！　分かったから放せ！」

千切がすっと手を放すと、

「なんて、おとなしく言うことを聞くと思ったか！」

下卑《げび》た笑みを浮《う》かべて、男が懐《ふところ》から銃《じゅう》を取りだした。気が付くと、周囲の男たち全てが銃を構え、銃口《じゅうこう》を輪廻と千切へ向けていた。

「穏便《おんびん》に済ませろって言われてたけどよォ、そこまでやられたら、俺たちもメンツってもんがあるんだよ」

「それはそれは。では私たちも、メンツを懸《か》けて本気を出さなくてはなりませんね」

輪廻が腰《こし》のベルトにつけていた鳥の小さな編みぐるみを一つ外し、空中へと放り投げた。

「行きなさい、チュン三郎《さぶろう》！」

編みぐるみは小さなくちばしを開け、内蔵カメラで男たちの姿を捉《とら》える。

そして狙《ねら》いを定めた瞬間《しゅんかん》、閃光《せんこう》を放ちその身が大きく弾《はじ》けた。

「ぐぁッ⁉」

爆風《ばくふう》で、男たちの体が数メートル先まで吹《ふ》っ飛ばされる。

「とっ、飛び道具を使うなんて卑怯《ひきょう》だぞ！」

「先にそちらが仕掛けたのでしょう。正当防衛ですよ？」

「屁理屈《へりくつ》こねやがって……ブッ潰《つぶ》す！」

やけくそ気味に銃を撃《う》ちまくる男の手首を糸で搦め捕り、そのまま思いきり天井《てんじょう》へ放り投げた。

その背後では、千切がチンピラどもの腹へエルボーを喰らわせ、起き上がれない程度のダメージを加えている。

致命傷《ちめいしょう》にならないようにいちいち手心を加えるという、行き届いた心遣《こころづか》いに内心辟易《へきえき》しつつ、襲いかかってくるチンピラどもをちぎっては投げる。

小一時間も経った頃《ころ》には、空っぽになったホールに屈強《くっきょう》な男たちが、所狭《ところせま》しと積み上げられていた。

「やれやれ、思っていたよりも時間がかかってしまいましたね」

パンパン、と両手を叩《たた》いて埃《ほこり》を払《はら》い、輪廻がうんざりした口調で言う。

「かなりの人数を待機させていたようですね。どこかの半グレ集団と手を組んでいたのでしょうか」

うつぶせで倒れてぴくぴく震えている男を見下ろし、千切が言う。

「大半は金で雇《やと》ったチンピラでしょうが、蜈蚣組《むかでぐみ》の若衆が交じってますね。バカ正直に代紋《だいもん》を服につけていたので、すぐ分かりました」

「……なるほど、さすがカシラ。私はそこまで目が届きませんでした」

千切が恐《おそ》れ入った、という顔で口元に手を当てた。

「これだけの人数を投入するということは、セミナーに深く関与《かんよ》している可能性がありますね。元締《もとじ》めが誰《だれ》なのか、きっちり確かめないと」

「テメェ……ら……ふざけんなよ……！」

倒《たお》れていた男が、最後の力を振《ふ》り絞《しぼ》り銃《じゅう》を構える。千切が素早くジャケットをめくると、腰のベルトにつけていたホルスターから、銀色の銃を抜いて男へ向けた。

「撃つもりなら、どうぞ。私のほうが早いかもしれませんが」

「クソが……！」

男が呻《うめ》き、震《ふる》える手で引き金に手をかける。

ぱんっ、とふたつの銃声が響《ひび》く。

「ぐあっ……」

男の手から銃が撥ね飛ばされ、床《ゆか》へ転がる。男は無念そうに、がくっと頭を垂れて力尽《ちからつ》きた。

「素晴らしいコントロール力ですね、叔父貴」

パチパチと手を叩きつつ、千切が持っている銃をちらりと見やる。銀色の銃身に、蔦《つた》のような刻印が記されている。これまで見たことのないデザインだ。

「それにしても、素敵なハジキをお持ちで。いつの間に手に入れたんです？」

「……ある人にもらったんですよ。お守りのようなものです」

千切はそう言うと、銃をホルスターへとしまった。

「そうですか。ではお待ちかね。尋問《じんもん》といきましょう」

輪廻は、仰向《あおむ》けで倒れているツーブロックに白いジャケットを羽織った男の前へしゃがみこむと、思い切り右頬《みぎほお》を張《は》った。

「……ぐふっ！」

「起きてください。あなたにはまだ、聞かなくてはならないことがあります」

「……っざけんな……教えるかよ……ッ！」

今度は左の頬に、輪廻の平手打ちが飛ぶ。男の鼻からつうっと一筋、血が垂れ落ちた。

「おお痛い。手が腫《は》れてしまいました。このオトシマエはどうつけてくれるんです？」

輪廻が赤くなった自分の手のひらを軽く振り、嬉《うれ》しそうに言った。もっとも、ビンタを食らった方が輪廻の数十倍は痛いし重傷なのだが。

「そうだ。答える気になるまで、往復ビンタ耐久《たいきゅう》レースといきましょうか？　その前に脳《のう》震盪《しんとう》でも起こしてしまいそうですが」

輪廻がククと愉しげに喉《のど》を鳴らして笑うと、ツーブロックの男の両目が限界まで見開かれた。

「え、ちょ……無理、死ぬって」

「死んでもいいんですよ？」

輪廻が男の顔をのぞき込み、冷ややかに言い放つ。男の顔が、みるみる青ざめていった。

「……マジで？」

「ええ。マジです」

にっこりと笑い、輪廻がダメ押しのように答える。男はわなわなと震え、酸欠の金魚みたいに口をパクパクと動かし始めた。

「わ、わか、わかった、はな、はなす、から」

「もの分りがよくて助かります。では、私の質問に正直に答えてくださいね？【祝福】の仕入れ元はどちらです？」

「しら……ない。俺たちはただ、変な奴《やつ》が紛《まぎ》れ込んでないか見張っとけって、言われただけで……」

思わず舌打ちしたくなった。苦労して捕《つか》まえたというのに、そんなことも知らない下《した》っ端《ぱ》だとは。

「では、その見張りを命じていたのはどなたですか？」

「……ウ、ウチの……カシラ……ッス……」

男が半べそで答える。蜈蚣組の若頭は誰だったかと、輪廻は思いを巡《めぐ》らせる。確か名は――

「……田鼈《たがめ》さん、でしたか」

「そ、そうです！　田鼈さんが、多分仕入れとか、全部仕切ってて……俺はホントに、何も知らないんです！　だから……」

「そのようですねえ。つまりあなたは用済み、と」

虫けらを見るような視線を向けられ、男の顔が絶望に染まる。

「え、ちょっと待っ……俺、今ちゃんと話して……」

「ええ。ですがあなたは、私の期待に応《こた》えられるほどの情報を持っていなかったので」

ツーブロックの男がヒッ、ヒッと喉をひきつらせた。

「お……お願いしますッ！　い、命だけはどうか……！」

「さあて、どうしましょうかねえ？」

ちらりと千切に視線をやりながら、輪廻が舌なめずりする。

「いやだ！　死にたくない……た、たすけ、て……！」

男が輪廻に手を伸《の》ばし、すがりつこうとしたその時だった。

見張りのために出口付近に立っていた蛇ノ目が、慌《あわ》てて駆《か》け寄《よ》ってきた。

「カ、カシラ！　警察がこっちに来るっぽいです！　あっち方面からサイレンの音が聞こえました！」

蛇ノ目が北の方角を指し示す。輪廻はふうっとため息をついた。

「仕方ありませんね。さっさと退散しますか。虎山、荷物持ちを頼《たの》みますよ。この男を連れていってください」

輪廻がガタガタと震えているツーブロックの男を指さすと、

「オス」

男の体を、虎山が片手で軽々と持ち上げて肩《かた》へ担いだ。

「え、ちょ、な、何」

何が起こったのか分からないまま、男は落ち着きなく視線をさまよわせる。

輪廻は身をかがめて、男の耳元で囁《ささや》いた。

「もう少しだけ、生かしておいて差し上げますよ。シャバに出られるかどうかは保証しませんが。クッフッフ」

「ヒッ……イヤだ！　降ろせ！　降ろしてください！　助けてくれぇえええ！」

虎山は男を担いだままノシノシと歩いて行く。男の絶叫《ぜっきょう》が、ホールに響き渡《わた》った。

「一寸の虫にも五分の魂《たましい》……といいますからね。クフッ」

何か言いたそうにしている千切へ、輪廻が肩をすくめて笑いかける。千切はふっとホールの出口へ視線を向けた。

「……虎山さん、でしたか。彼はずいぶんと力持ちですね」

「虎山の【能力】ですよ。私も含《ふく》めてウチの組は大半が【能力】持ちなんです。ちなみに、蛇ノ目は五感に優れていて、数キロ先の音を聞き分け、風景を視《み》ることができます」

「それで、警察が来ると察知したんですね。素晴らしい。もうひとりの彼の能力は？」

「万亀川は、【寿命《じゅみょう》が長い】そうですが……こちらについては、まだ確認できていないので、私も長生きしないと。クフフッ」

「それぞれ、能力を活かしたポジションについているんですね。カシラの采配《さいはい》、見事です」

「お褒《ほ》めにあずかり恐縮《きょうしゅく》です。ですがこの組にいるのですから、叔父貴《おじき》にも何か【能力】がおありでは？」

輪廻に尋《たず》ねられ、千切は自信なさそうに首を横に振る。

「いえ、それがまったくなくて。ですから少々肩身《かたみ》が狭《せま》いんですよ」

「ご謙遜《けんそん》を。叔父貴のご活躍《かつやく》でこれだけの人数をぶちのめすことができたのですから。高い戦闘《せんとう》力が叔父貴の【能力】かもしれませんよ？」

「そうおっしゃっていただけると、安心します」

千切が少し、はにかんだように笑う。

「さあ、急ぎましょう。サツに見つかったら面倒《めんどう》ですからね」

倒《たお》れているチンピラどもを残し、輪廻たちはさっさと裏口から脱出《だっしゅつ》したのだった。

数日後。

セミナーの件はニュースで大きく取り上げられていた。

【ホールで謎《なぞ》の爆発音《ばくはつ》!? 怪《あや》しいセミナーとの関係は!?】

【倒れていた謎の男たち。反社組織が関与《かんよ》か!?】

「うわあ、なんかスゲー騒《さわ》ぎになってますね」

リビングのソファに寝転《ねころ》がった万亀川が、呑気《のんき》にスマホのネットニュースを眺《なが》めて感心している。

本来ならば、部屋付きの若衆は休む間もなく兄貴分の世話に励《はげ》むべきなのだが、『若衆もしっかりと休むべきだ』という正太郎の方針もあり、最低限の家事を終えたら後は好きにさせている。

「なんか、警察が調査するっぽいですよ。やっぱ【祝福】がまずかったみたいですね」

輪廻たちが立ち去ったあと、警察が踏《ふ》み込み、舞台《ぶたい》裏に積まれていた【祝福】を押収。倒れていたチンピラどもと、セミナーの運営元とされる合同会社ウルペセウス代表、龍門久則から事情聴取《ちょうしゅ》を行っているらしい。

【祝福】に含まれている成分は有害とみなされ、近々違法《いほう》薬物として指定を受けるだろうと、記事には書かれていた。

「これで、一件落着って感じですね～」

ベランダの植物に水をやっている蛇ノ目が呑気にのたまう。テーブルに紙を広げて新作編みぐるみの編み図を書いていた輪廻が、顔を上げて言った。

「その代表は、【先生】ではないと思いますよ」

荒神から渡されたデータに載《の》っていた、丸顔のいかにも善良そうな男の顔を思い出す。

彼は突然《とつぜん》家宅捜索《そうさく》を受けて、さぞかし仰天《ぎょうてん》していることだろう。

「じゃあこの、ニュースに出てるヤツは誰《だれ》なんですか?」

万亀川が、スマホに映る龍門の顔写真を指さして尋ねる。

「彼は名前だけの代表。本人も言われた通りに会社を運営していただけでしょうし、たいした情報は取れないでしょう」

「……【先生】はどっかに隠《かく》れてるんスかね」

そこかしこに、輪廻が投げた書き損じの紙を拾い集めている虎山が言う。

輪廻は小首を傾《かし》げて微笑《ほほえ》んだ。

「そうですね。私たちで見つけて差し上げなくては」

テーブルに置かれているスマホが小刻みに震《ふる》えて、着信を告げる。

事務局長の兎田《うさぎだ》からだった。

「もしもし。私ですが、どうされましたか?」

『カシラ、お休みのところすみません。セミナーの件で、叔父貴が組に来てまして……親父《おやじ》が、カシラも呼べと』

つい先日、田鼈が元締《もとじ》めだと正太郎へ報告したはずなのに。まだ何かあるというのだろうか? せっかく、束の間の休息を楽しんでいたというのに台なしだ。

「……もう少しで、編み図が完成するところだったのに」

『……？　カシラ、何か言いました？』

「いえ、なんでもありません。すぐに向かいますよ」

電話を切り、舌打ちする。千切のペースに巻き込まれるのは不本意だが、正太郎の希望とあっては従わざるを得ない。輪廻はため息をつき、立ち上がった。

「おや、居飛車穴熊《あなぐま》か。これはどうしたものかねえ」

「フフッ、親父ならこれくらい、たいしたことはないでしょう？」

「それはどうかなあ」

正太郎の部屋を訪れると、千切と正太郎が呑気に将棋《しょうぎ》を指している。

火急の用事かと思って来てみれば、これか。こちらも編み図を書くという大仕事を中断してはせ参じたというのに。

輪廻の気配を察知したのか、正太郎がふっと顔を上げた。

「ああ、輪廻。来てたのか。対局に夢中になっていて気付かなかったよ。すまないね」

「いえ。私に構わず続けてください」

「お前を待っている間の暇《ひま》つぶしだったから、いいよ。そこに座りなさい」

勧《すす》められるままに、千切の前へと腰《こし》を下ろす。千切と正太郎も対局の手を止めて向かい合った。

「休みのところ、わざわざ来てもらって悪かったね」

「いえ。親父の呼び出しならいつでも駆けつけますよ。それで、話というのは？」

「この間の、小紋コンベンションセンターでの件でね」

「蜈蚣組若頭の田鼈が関わっていたと報告しましたが、何か問題がありましたか？」

「その田鼈について、千切が新しい情報を摑《つか》んだそうなんだ」

正太郎が千切の方をちらりと見やる。千切は待ってましたとばかりに、話し始めた。

「田鼈は、セミナーで配布している【祝福】というドラッグクッキーの仕入れを、担当していたようです」

「【祝福】……セミナーの会員たちが、あちこちで配っていたモノですね」

輪廻が確かめると、千切がうなずく。

「電話で、中国語で会話しているのを聞いたことがあるという人間がいたので、大陸の組織と繫《つな》がっている可能性が高いと見ています」

ツーブロックの男をシメても出て来なかった情報が、こんなにあっさりと出てくるとは。

「叔父貴、いきなり核心《かくしん》に迫《せま》る情報を手に入れましたね。どうやってそんな調査を？」

「腕《うで》が良い情報屋を、飼っておりまして」

さらりと千切が言う。彼の話が本当だとすると、とんでもない凄腕《すごうで》だ。

「――由々しき事態だね」

正太郎が、盤面《ばんめん》の駒《こま》をひとつ取って弄《もてあそ》ぶ。

「蜈蚣組には、五組長会議としても頭を悩《なや》ませていてね。組長は高齢《こうれい》で半引退状態なんだが、田鼈が若頭の座に就いてから、強引な地上げに遭《あ》っているとシマの地主たちから相談が相次いでいる」

蜈蚣組。東日本最大の暴力団で、本拠地《ほんきょち》は漆区《うるし》にある。シマは日本一の歓楽街《かんらく》、灯蠟町《とうろうちょう》。かつては、近隣《きんりん》の組との激しい抗争《こうそう》を繰《く》り返しその名を轟《とどろ》かせていたが、最近では、組織の縮小が進んでいるという噂《うわさ》も立っている。

「他の組を傘下《さんか》に入れようと企《くわだ》てているという話もあったから、もしかしたらその計画の一環《いっかん》かもしれないね」

輪廻が重々しくうなずいた。

「となると、田鼈は実行犯で、組長の指示のもと動いていた可能性もありますね」

「どちらにせよ、仁義に反する行為《こうい》だ。僕が出向いて蜈蚣組の組長と話をつけようと思う。

輪廻、千切。ついてきてくれるかい？」

「親父の行くところへなら、どこでもお供しますよ」

「この命に替えても、親父をお守りします」

ふたりが、口を揃《そろ》えて言う。

「ありがとう。よろしく頼《たの》むよ」

正太郎が、駒を盤面にすっと戻《もど》した。

「話はそれだけだよ。千切、もう少し対局に付き合ってくれるか？」

「もちろんです。良いところでしたから」

パチ、パチと駒を打つ音が響《ひび》く。輪廻は身じろぎもせずに、千切の手元を見つめていた。


——それから数日後。

輪廻と千切に挟《はさ》まれた正太郎が車から降り、門の前に立つ。

坂の上に立つ蜈蚣組の事務所は、高い塀《へい》に囲まれた古い屋敷《やしき》だ。あちらこちらに設置された監視《かんし》カメラが、この家の主がカタギではないことをもの語っている。

インターホンを鳴らすと、ジャージ姿の若衆が小走りでやってきて、門を開けた。

「ようこそおいでくださいました。親父たちは、事務所の方にいるんで」

輪廻が先頭を歩き、後へ続く千切と正太郎を誘導《ゆうどう》する。

どこもかしこも贅《ぜい》を尽《つ》くした屋敷は、まるで華族《かぞく》の豪邸《ごうてい》を思わせる。質素な作りの蜘蛛縫組とは正反対だ。だが、老朽化《ろうきゅうか》が目立つ室内は、蜈蚣組の現状を表しているようで侘《わび》しさを感じさせる。手入れをする余裕《よゆう》もないのだろう。

正太郎直々に話がしたいと申し出たところ、蜈蚣組組長はすぐに了承《りょうしょう》してくれた。気難しい彼ならもっと渋《しぶ》るのではないかと、幹部連中が驚《おどろ》いていた。もしかしたら、何か裏があるのかもしれない。

曲がりくねった廊下《ろうか》を渡《わた》ると、奥にこぢんまりとしたプレハブの建物が現れる。どうやらここが、事務所らしい。

「親父、蜘蛛縫組の皆《みな》さんがいらっしゃいました」

ジャージ姿の組員が、引き戸を開けて正太郎たちを案内する。

部屋には、組長と若頭の田鼈がいた。気だるそうに革張りのソファへ身を沈《しず》める蜈蚣組組長は、一見すると痩《や》せ衰《おとろ》えた弱々しい老人に見えるが、数々の修羅場《しゅらば》をくぐり抜《ぬ》けてきた者特有の凄《すご》みを感じさせる。

組長の横に控《ひか》える田鼈を、輪廻はちらりと見やる。名前だけは知っていたが、本人を見たのは初めてだ。

鍛《きた》え抜かれた筋肉を見せつけるように、白いスーツの袖《そで》をこれ見よがしにまくり上げている。浅黒い肌《はだ》、彫《ほ》りが深い顔立ち。なかなかの色男だが目つきは鋭《するど》く、輪廻たちをじっと見据《みす》えている。

正太郎たちがソファに座ると、若衆がすかさず盆《ぼん》に緑茶を載《の》せて持って来た。

「わざわざ遠いところをご苦労さんです。まあ、茶でも飲んでゆっくりしてくだされ」

しゃがれた声で、蜈蚣組組長が言う。止太郎は「いただきます」とテーブルに置かれた湯飲みを取り、口をつける。

「お忙《いそが》しいところお時間をいただき、感謝いたします」

輪廻が型どおりの挨拶《あいさつ》を済ませると、蜈蚣組組長がじろりと輪廻を見た。

「それで、蜘蛛縫組組長直々のご訪問とは、何の御用《ごよう》ですかな？」

「先日、小紋コンベンションセンターで起こった爆発騒《ばくはつさわ》ぎの現場におたくの組員がいたのは、ご存じですか？」

「爆発騒ぎの件はテレビのニュースで見たが、そんな話は聞いてないな」

蜈蚣組組長が、面倒《めんどう》だと言わんばかりに顔をしかめる。

「現場で押収されたドラッグクッキーの仕入れに、蜈蚣組が関わっているというお話は？」

蜈蚣組組長の眉間《みけん》に刻まれた皺《しわ》が、ますます深くなる。

「……アンタら、何を根拠《こんきょ》にそんな話をしとるんだ？」

「ああ、これは失礼。実は私、爆発騒ぎの現場に居合わせたのですが……蜈蚣組の代紋《だいもん》バッジをつけた組員に、襲《おそ》われまして。もし蜈蚣組を騙《かた》る人間がやらかしたことであれば一大事だと思って、お知らせに来た次第です」

いかにも親切心でここへやってきたと言わんばかりに、輪廻が心配そうな声音を作る。

「この通りワシはもう、指一本動かすのも大儀《たいぎ》な状態でな。現場のことは何も分からん」

蜈蚣組組長は隣《となり》に控えている田鼈を、顎《あご》で指した。

「組の運営についてはコイツに一任しているから、そっちに聞いてくれ」

どうやら、とぼけているようでもなさそうだ。

正太郎が意味ありげな視線を、輪廻へ向ける。輪廻は微笑《ほほえ》んで首を横に振《ふ》った。

「では、若頭へお聞きしましょうか。先ほど組長にお尋《たず》ねした件について、何かご存じでは？」

「さあ、知りませんねえ」

田鼈は、ニコリともせず答える。

「おやおや。ではやはり、私が襲われたのは偽者《にせもの》なんでしょうか？」

「そうじゃないですか？　そんなヤツら、俺らは知りませんから。ウチとは関係ないんで煮《に》るなり焼くなり、好きにしてくださいよ」

田鼈が腕組《うでぐ》みし、余裕たっぷりに言い放った。どうやら若衆を見捨てても構わないらしい。自分を棚《たな》に上げておいてなんだが、仁義のかけらもない男だ。

「だいたい、ウチのモンがやったんなら、サツがすっ飛んでくるでしょう。オヤジ、ウチには来ていませんよね？」

田鼈が蜈蚣組組長に同意を求めると、組長もうなずく。このままシラを切り通すつもりなのだろう。

「それは失礼しました。では、ご本人に直接確認しましょうか」

輪廻がパチンと指を鳴らすと、虎山が窓の外からぬっと姿を現した。両脇《りょうわき》には、ガムテープでぐるぐる巻きにされたブルーシートに包まれた、巨大《きょだい》な塊《かたまり》を抱《かか》えている。

「うわっ⁉　何だお前は⁉」

外に控えていた若衆たちがぎょっとして騒《さわ》ぎ出す。輪廻が手を叩《たた》き、若衆へ申しわけなさそうな口ぶりで話す。

「お騒がせして申しわけございません。彼は私の舎弟ですので、お気遣《きづか》いなく」

一体何が始まるのかと、皆の視線が虎山へ集まる。虎山は無言でブルーシートを地面に下ろし、ガムテープを剝《は》がし始めた。

「ぶはっ！」

ブルーシートの中から、ツーブロックの男が顔を出す。男は田鼈の姿を認めると、身を乗り出して叫《さけ》び始めた。

「カシラ、助けてください！　例のセミナーでコイツらに捕《つか》まっちまって……」

「バカッ、喋《しゃべ》るな！」

田鼈が男を怒鳴《どな》りつける。輪廻が途端《とたん》に破顔した。

「おや？　お知り合いでしたか。さっき知らないとおっしゃっていたようですが、私の聞き間違《まちが》いでしたかねえ」

田鼈はしまった、という風に唇《くちびる》を噛《か》みしめる。蜈蚣組組長がゆっくりと身を起こし、じろりと田鼈をにらみ付けた。

「……田鼈。これはどういうことだ?」

「ち、違《ちが》うんですオヤジ。俺はこいつらに嵌《は》められて……ッ」

「そうか。ではそこの若いのを交えて、これからじっくり話し合わないといかんな」

蜈蚣組組長が、庭で転がされているツーブロックの男を目で指し示す。田鼈はうぐっと喉《のど》を詰《つ》まらせて黙《だま》り込んだ。

会話を聞いていた正太郎が、穏《おだ》やかに微笑んだ。

「どうやらそちらで、話はつきそうですね」

「すまなかった。一応これでも、極道者のはしくれとしての矜持《きょうじ》を持つよう躾《しつ》けてきたつもりだったが……親として、落とし前はきちんとつける」

「でしたら、これ以上こちらから口を挟むことは何もありません。お暇《いとま》しますよ」

正太郎が立ち上がると、控えていた若衆が「お見送りします!」と慌《あわ》てて飛んできた。

輪廻の背中に、刃物《はもの》のように鋭い視線が突《つ》き刺《さ》さる。肩越《かたご》しに振り返ると、田鼈が無言で輪廻をねめ付けていた。

――輪廻たちが蜈蚣組を訪問してから、しばらくが経った。

玉繭地区の中心部を通るアーケード街。その一角に、毒々しい色彩《しきさい》に彩《いろど》られた小さな店が建っている。蛍光《けいこう》ピンクに塗《ぬ》られた立て看板には白いペンキで【タピオカドリンク KUMONUI】と書かれている。

「どうです？　この内装はなかなかいい感じだと思うのですが」

輪廻が得意げに胸に手を当て、片手を舎弟たちへと差し出した。

鮮血《せんけつ》を思わせるような赤で塗られた壁《かべ》には、黒いハートがちりばめられている。そこかしこに輪廻お手製の編みぐるみがディスプレイされており、タピオカドリンク屋というよりは編みぐるみショップのようだ。

年中ハロウィンみたいな店になっちゃったなあ……というのが、この店を見た舎弟たちの感想なのだが、そこは心得たもので、息を合わせて「カシラ！　最高です！」と目を輝《かがや》かせて褒《ほ》め称《たた》える。

期待通りの称賛《しょうさん》を浴びて、輪廻は満足げにうなずいた。

蜘蛛縫組は、主に古い付き合いの店からのみかじめ料で収入を得ているのだが、ヤクザ界隈《かいわい》では昨今、表看板として飲食店経営に乗り出す組が増えている。輪廻もその流れに乗り、次々と新しい店をオープンさせているのだった。

「以前の店は、やはり立地が良くなかったと思うんですよねえ。ここなら観光客が多いですし、売り上げが見込めるはずです」

若くして頭角を現し、若頭までにのし上がった彼を舎弟たちは心から尊敬している。だが経営センスだけは壊滅《かいめつ》的だなんて、口が裂《さ》けても言えやしない。

そもそもタピオカドリンク屋は今や飽和《ほうわ》状態で、よほどでなければ儲《もう》からないのだが、満面の笑みで「今度こそ成功させますよ！」と意気込んでいる輪廻を目の前にしては、何も言えなくなる。

「そうだ。新メニューも用意したんですよ。他店と同じメニューでは、勝てませんからねえ」

輪廻はそう言うと、いそいそと冷蔵庫から何か取りだし始めた。

「ごらんください。お嬢《じょう》の好物を融合させた【台湾《たいわん》カステラタピオカきなこもちミルクティー】ですッ！」

どろっと黄ばんだ液体に満たされたプラカップを、意気揚々《いきようよう》とカウンターへ置く。タピオカ入りのミルクティーに浸《ひた》されたきなこもちと台湾カステラは、水分を吸って無惨《むざん》な姿になっている。

「どうしてこうなった」というのが、ドリンクを見た舎弟たちの第一印象だった。

「お嬢が、最近台湾カステラときなこもちドリンクにハマっていると情報を得たので、好みのものを詰め込んでみた欲張《よくば》りセットをご用意しました」

そのブームは数ヶ月前にもう過ぎ去っているのだが、舎弟たちは笑顔を貼《は》り付けて「お嬢もきっと喜びますよ！」と合唱するより術《すべ》はない。

「さあ、皆《みな》さんの分を用意してありますので、良かったら召《め》し上がってください」

ドロドロのタピオカドリンクを差し出され、舎弟たちはウッと呻《うめ》く。

しかし覚悟《かくご》を決めて一口すると、意外にもマッチしている。

「これ、イケますね！　ストローよりスプーンで食べた方が、そういうスイーツっぽくてうまいかも」

「台湾カステラがグズグズになっちゃうんで、生クリームを挟《はさ》んだほうがいいと思うんですよねえ」

素直な感想が舎弟たちの口をついて出て来る。「参考にします」と微笑《ほほえ》み、輪廻もドリンクに口をつけた。

「──そういえば蜈蚣組って、あのあとどうなったんスか」

ストローでぐちゃぐちゃとタピオカドリンクをかき混ぜながら、虎山が尋《たず》ねる。

「ああ、田鼈は絶縁になったようですよ」

ずるずるとタピオカドリンクを口に流し込みながら、輪廻が答える。

蜘蛛縫組の訪問後、蜈蚣組組長に問《と》い詰められて白状したらしい。組長に無断で、先代の頃《ころ》から付き合いがあったアジアンマフィアと手を組み、ドラッグを横流ししていたようだ。その収入は、全て田鼈の懐《ふところ》へ入っていたという。

激怒《げきど》した蜈蚣組組長は、即刻《そっこく》田鼈を絶縁。田鼈はすぐに放り出され、現在行方知れずとのことだった。

「今度こそ本当に、全部解決ってカンジですね！」

「やっぱりカシラはスゲーッス！」

舎弟たちは無邪気《むじゃき》に輪廻を絶賛しているが、これで全てが終わったとは、とても思えない。

行方知れずとなった田鼈は、どこで何をしているのやら。このままアジアンマフィアとやらを頼《たよ》って大陸に渡《わた》ってくれたら、話は早いのだが。

カラン、とドアに付けたベルが鳴る。もしや初のお客さまかと輪廻が胸をときめかせてドアへ視線をやると、

「この店は、もうオープンしてるんですか？」

入ってきたのは千切だった。途端に輪廻の顔が、落胆《らくたん》に染まる。

「なんだ、叔父貴《おじき》ですか。お客さまかと思ったのですが残念です」

すっかり意気消沈《いきしょうちん》した輪廻は、そのまま頭が床《ゆか》にめり込んでしまうのではないかという

位にうなだれている。そんな輪廻に、千切が優しく声をかけた。

「……せっかくですから、一杯《いっぱい》くらいはいただいていきますよ。お代はもちろんお支払《しはら》いします」

あまりにも輪廻が落ち込んでいるので、同情してくれたらしい。

まさかこんなところで千切に気を遣《つか》われるとは。しかし身内とはいえ客は客だ。輪廻は気を取り直してメニューを差し出した。

「ありがとうございます。私のお薦《すす》めはやはり、【台湾カステラタピオカきなこもちミルクティー】です。先ほど若衆にも試飲してもらったのですが、なかなか好評だったんですよ」

「タピオカミルクティー、甘《あま》さ控《ひか》えめでお願いします」

人の話を聞いているのか、こいつは。

内心苛立《いらだ》ちながらも笑顔で「タピオカミルクティー、甘さ控えめでお願いします」とカウンターにいる蛇ノ目へ告げる。蛇ノ目は「かしこまりました！」と元気よく答えて、タピオカミルクティーを作り始めた。

「そういえばお礼を言いそびれていました。先日は助けてくださって、ありがとうございました。おかげで、蜈蚣組の尻尾《しっぽ》を摑《つか》むことができました」

「とんでもないです。私が助けたのはあなたではなく、あの場にいた一般《いっぱん》人の方々ですから」

　以前にも、似たようなセリフを聞いた気がする。千切はよほど、輪廻を助けたと認めたくないようだ。

「それにしても叔父貴は、意外な私服をお持ちなんですねぇ。ジーンズ姿なんて初めて拝見しました。あんな分厚い眼鏡、どこで購入《こうにゅう》されたんですか？」

　わざとらしくはしゃいだ声を上げてみたのだが、千切は眉《まゆ》ひとつ動かさなかった。

「……さあ。なんのことですか？」

　あくまでシラを切るつもりのようだ。しかし、どちらにせよ、あの場に千切が現れたということは、組長の命とは別に、何か目的があってセミナーを追っているのは間違《まちが》いないだろう。

　それは時折自分に向ける鋭《するど》い眼差しと、何か関係があるのだろうか？

『ぶっちゃけると分かったことは、ほとんどなかった。裏社会で生きてるヤツなら、たとえ過去を抹消《まっしょう》しようととっかかりはあるんだが……コイツは情報がさっぱり摑《つか》めなかった』

　荒神の言葉が、脳裏をよぎる。分かっているのは幼い頃に母親が亡くなり、天涯孤独《てんがいこどく》の身であることだけ。そこまで身を潜《ひそ》めて生きていた人間が、なぜ極道の相談役などという目立つ立場にいるのか。

途切《とぎ》れ途切れの線が繋《つな》がりかけている。けれど、決定打に欠ける。もどかしい。

沈《しず》んだ輪廻の思考を、陽気な着信音が引き戻《もど》す。輪廻は胸ポケットからスマホを取りだし、通話ボタンをタップした。

「もしもし？」

『カシラ！　あっ、あのっ、さっき事務所にサツが……！』

スマホの向こうからは、若頭補佐《ほさ》の鎌切《かまきり》の声が聞こえてくる。かなり気が動転しているようだ。輪廻の眉間《みけん》に、きゅっと縦皺《たてじわ》が刻まれた。

「ガサ入れですか？　そんな話は聞いていませんが」

暴力団の取《と》り締《し》まりは、マル暴と呼ばれる組対四課が担当している。正太郎は先代の頃からマル暴周辺の人間と繋がりがあり、彼から情報を横流ししてもらっていた。だからガサ入れがあればすぐに連絡《れんらく》があるはずなのだが。

『自分も、全然ワケが分からなくて……サツは、薬物がどうとかって言ってましたけど』

要領を得ない返答に若干苛立ちを覚えつつ、続けて尋ねる。

「それで、親父《おやじ》は無事なんですか？」

『……すみません、止めたんですが連れて行かれて――ッ！』

ゴッ！　と鈍《にぶ》い音が電話口で響《ひび》く。

「もしもし？　今の音はなんですか？」

『なんだテメェ……うわあああぁッ！』

絶叫《ぜっきょう》と共に、ゴッ！　ゴッ！　と鈍い殴打音《おうだ》が入り交じる。これは呑気《のんき》に電話している場合じゃない。輪廻は「すぐ行きます」と言い残して電話を切り、カウンターから飛びだした。

「カシラ、どうしたんですか？」

「すぐに事務所に戻りますよ。緊急事態《きんきゅう》です」

輪廻が駆《か》け出すと、舎弟たちも慌《あわ》てて後を追う。

「私も、お供します」

千切が、すっと輪廻の横へつく。

一瞬《いっしゅん》、この男の手引きではないかとの疑念が頭をよぎる。だが、今は問いただしている余裕《よゆう》はない。輪廻は黙《だま》ってうなずいた。

「──行きましょう」

「誰《だれ》かいませんか？　返事をしてください」

本邸《ほんてい》のだだっ広い玄関《げんかん》に、輪廻の声がこだまする。普段《ふだん》ならば輪廻が玄関を開けただけで、若衆がすっ飛んで来るはずなのだが。やはりこれはただごとではない。そんな様子を目の当たりにした千切が、緊張《きんちょう》した面持ちで言う。

「私は、事務所の様子を見てきます」

「お願いします。まだ襲撃《しゅうげき》した犯人が潜んでいる可能性がありますから、くれぐれも気をつけて」

「分かっていますよ」

千切がその場を離《はな》れたあと、輪廻と舎弟たちも慎重《しんちょう》に中へ入る。

内部は惨憺《さんたん》たる状況《じょうきょう》だった。先代の頃から庭に植わっていた松の木の枝はへし折られ、丹誠込《たんせいこ》めて庭師が手入れしていた庭園の草花は踏《ふ》み荒《あ》らされている。室内も襖《ふすま》は蹴破《けやぶ》られ、棚《たな》がひっくり返され、飾《かざ》られていた代紋《だいもん》が引きずり下ろされている。そしてそこかしこに、傷だらけの若衆が倒《たお》れ伏《ふ》していた。

「なんだこりゃ……ヒデェ……」

万亀川が呆然《ぼうぜん》としてつぶやく。純度100%の悪意を思い切りぶちまけたような暴力の痕跡《こんせき》に、舎弟たちは為《な》す術もなく立ち尽《つ》くすばかりだ。

「カ……カシラ……」

鎌切が、足を引きずりよたよたと輪廻へ近付く。目の下や頬《ほお》が赤く腫《は》れ上がっており、もはや顔の原形をとどめていない状態だ。

「……すみません。いきなりのガサ入れで混乱してたところに、襲撃されて……」

「……相手は？」

「分かりません。おそらく、金で雇《やと》ったゴロツキかと」

「……お嬢《じょう》と姐《あね》さんは、無事なんですか？」

「隠《かく》し部屋に行ってもらいました。ただ……お嬢の部屋も酷《ひど》く荒らされて……」

輪廻はキッと目尻をつり上げ、つかつかと輪奈織の部屋がある離れへと向かった。


離れへ向かうと、母屋《おもや》よりは荒らされていないものの、玄関先《げんかんさき》の靴《くつ》は乱雑に散らばり、靴箱の上に飾られていたであろうキャンドルが床に転がっていた。こみ上げる怒《いか》りを必死で抑《おさ》えつつ、輪奈織の部屋へ向かう。

普段は足を踏み入れるなど許されない聖域なのだが、緊急事態だ。

「……お嬢、勝手に部屋へ入ることをお許しください」

そうつぶやき、ドアを開ける。

散乱する本や衣服の中に、無惨《むざん》に腹を裂《さ》かれたウサギのぬいぐるみが落ちている。輪廻は震《ふる》える手でそれを拾い上げた。

「……ウサコ……なんてこと……」

――そのぬいぐるみは、お嬢が産まれた時に正太郎が贈《おく》ったものだった。輪奈織はそれをとても大切にしていて、輪廻はウサコに嫉妬《しっと》し、次に生まれ変わるならウサコになりたいと思うほどに愛されていた。

「……っ……」

輪廻の両頬を涙《なみだ》が伝い落ちた。お嬢はどんな思いで、変わり果てた姿になったウサコを見たのだろうか。彼女にとってウサコは幼い頃《ころ》より共に育った家族同然。それをこんな風に奪《うば》ってしまうなんて……！

「……万死に値しますね。お嬢を泣かせた奴《やつ》は絶対に生かしておきません」

ウサコを拾い上げ、ぼそりとつぶやく。輪廻の目には、静かな殺意が宿っていた。

ウサコを大切に抱《かか》え、輪廻はお嬢の部屋を出る。完全に元の姿には戻せないものの、自分の手で修復することは可能かもしれないと考えたのだ。

「ウサコ……私が貴方《あなた》を必ず治して差し上げますからね……」

ぎゅっとウサコを抱《だ》きしめて、玄関《げんかん》のドアを開ける。すると――

「あ」

目の前に、黒いマスクをした男が鉄パイプを握《にぎ》り締めて立っていた。

「誰ですか、あなたは」

「テメェ、糸廻輪廻だな？」

「そうですが、何か？」

「テメェのタマ取ってこいって、カシラに言われてんだよ！　ここで死ね！」

マスクの男が、鉄パイプを輪廻めがけて振《ふ》り下ろす。輪廻はそれを腕《うで》で受けきり、男を眼光鋭くにらみ付けた。

「え……ちょ……嘘《うそ》だろ……」

「このオモチャで私を殺す？　冗談《じょうだん》もいい加減にしてくださいよ」

「あ……ああ……」

輪廻が男の腕を摑《つか》む。ミシミシと骨が軋《きし》み、男が悲痛なうめき声を上げた。

「い、いだ、いだだだっ！　は、はな、せ……」

「お嬢の部屋を荒らしたのは、あなたですか？」

「し、知らない……」

「では、どなたが犯人か教えていただけますか？」

「お、俺は今ここに来たばっかりだから、その……」

「おやおや、襲撃前に分担ぐらい決めておくものでしょう？　そんな無計画なカチコミがありますかねえ？」

「俺たちは今日会ったばっかだから、そういうのは……」

「仕方ないですね。では思い出すまで、存分に苦しんでいただきましょうか」

輪廻が渾身《こんしん》の力を込めて、男の腕を引っ張る。ゴキッ！　と音がして男の腕があらぬ方向へねじ曲がった。

「いぃぎゃぁあああああああああ！」

「痛みで思い出せませんか？」

「だからっ、知らねえって、ぐっ、あぁっ」

激痛で横転する男の腕へ、全体重をかけてさらに踏みにじる。男はのけぞり、血へどを吐《は》くような絶叫を上げた。

「だのむ、もっ、やめでぐれっ、あっ、があっ！」

「クフッ、もっといい声を聞かせてください」

ガッ！　ガッ！　一蹴《け》り一蹴りに憎《にく》しみを込め、輪廻が男の腹を蹴っ飛ばす。そのたびに男の体が跳《は》ね、獣《けもの》じみたうめき声がほとばしった。

「ぐぎゃっ、あがっ、あっ、ひぃ、いぃいいッ……」

「なかなかしぶといですねえ。そうだ、これをお借りしましょう」

男の傍《そば》に落ちている鉄パイプを拾い上げ、輪廻がトントン、と肩《かた》を軽く叩《たた》く。

「どこを叩いてほしいですか？　頭？　それとも腹？　足を一本ずつへし折っていくのも、楽しそうですねえ」

輪廻が鉄パイプをれろりと舐《な》め、唇《くちびる》を歪《ゆが》めて笑う。男はパクパクと口を開閉させ、声にならない声を上げた。

「や、やめ、やめ……ひ、ひぬ……」

「どうぞ。死んでもいいんですよ？」

輪廻が鉄パイプを振り上げ、男の頭上へと振りかざした。

「カシラ。その辺にしておいたらどうです？」

輪廻がゆっくりと首を回して、声がした方を見る。

千切が輪廻の手首を握り、身じろぎもせずに立っていた。

「叔父貴《おじき》……いいところだったのに邪魔《じゃま》しないでくださいよ」

「そんな三下を痛めつけても、何の意味もないでしょう」

「意味ならありますよ。この男は組を襲撃し、ウチの人間に危害を加え、お嬢の部屋を荒らしたヤッらの仲間。制裁を加えねばなりません」

「もう十分でしょう。彼はもう、刃向《はむ》かう気力を失っている」

「これは、私のケジメの問題です。コイツをなぶり殺し、首をヤツらのシマへ放り込む。それくらいしないと治まりません」

「カシラ、落ち着いて――」

輪廻は千切の手を振り払《はら》い、ぶんっと鉄パイプを振り回す。

「……引っ込んでいてください」

ぞっとするような冷ややかな声で、輪廻が言う。

輪廻は再び横たわっている男の上へまたがり、鉄パイプを構えた。

「お待たせしました。私は優しいので、できるだけ苦しめて冥土《めいど》にお送りします」

「や、やめ、やめて……あっ、あああ……」

男が鼻水と涙で顔をぐしゃぐしゃにして、首を左右に振る。輪廻はそれを無表情で見下ろし、鉄パイプを振り下ろそうとする。その時だった。

「……ッ!」

輪廻のこめかみに、冷たく硬《かた》いものが押しつけられる。銃口《じゅうこう》だった。

千切が、銃身に蔦《つた》を模した刻印が入った銃を構え、輪廻へ突《つ》きつけていたのだ。

「彼を殺したら――私があなたを撃《う》ちます」

千切の双眸《そうぼう》には、強い殺意が宿っている。見つめられ、輪廻の背筋にゾクゾクと電流が走った。なんというエクスタシーだろう。こんなにも自分へ強く純粋《じゅんすい》な殺意を向けてきた人間は、彼が初めてだ。

(ああ……いいですねえ……ゾクゾクしますよ!)

思えばずっと、血に飢《う》えてきた。命が紙切れより軽いこの世界で、輪廻はずっと、自分を殺せるような相手に巡《めぐ》り合うことを望んでいた。

(やっと……出会えたのですね)

頬《ほお》が紅潮し、体が熱く疼《うず》いてくる。ようやく、自分が命を懸《か》けて闘《たたか》える相手に出会えたのだ。

「クフッ……クフフフフッ!」

高揚《こうよう》のあまり、裏返った笑い声がほとばしる。

「いいですねえ、血が滾《たぎ》ってきました。どうぞ、殺してください！」

輪廻は鉄パイプを投げ捨て、指先へ意識を集中させる。

この男ならば、自分の全力をぶつけても受け止めてくれる。そんな奇妙《きみょう》な信頼《しんらい》感で満たされていた。

「……仕方ありませんね」

千切が引き金にかけた指先に、力をこめる。ふたりの間に流れる空気が極限まで張《は》り詰《つ》め、破裂《はれつ》しそうになったその時――

ヴィイイ、ヴィイイイ。

輪廻の胸ポケットにしまっていたスマホが、小刻みに震《ふる》えた。

風船のように膨《ふく》らんだ空気が、急速に冷えてしぼんでゆく。

「いいところだったのに、残念です」

輪廻は心底残念そうに言うと、スマホの通話ボタンを押した。

「……もしもし」

『おう、蜘蛛縫の若頭か？　俺だよ、田鼈。この間はどうも』

野太い声が、電話の向こうから聞こえてきた。

「その節はお世話になりました。わざわざお電話ありがとうございます。ところで、今たてこんでおりまして。手短にお話しいただけると助かるのですが」

輪廻の返答を聞いた田鼈が、ククッと短い笑みを漏《も》らした。

『それなあ。やったのは俺だよ』

「……おや？」

輪廻の目からすっと光が消える。わざわざ知らせてくれるとは、なんと親切な。

「蜈蚣組を絶縁されたと聞きましたが」

『ああ、あんなチンケな組なんかメじゃねえよ。今俺は蜈蚣組よりデカいバックをつけてんだ。全て【先生】の思《おぼ》し召《め》しだよ』

やはり、というべきか。予想通りの筋書きすぎて、笑い出してしまいそうだ。

「それはそれは、で、ケツモチはどちらなんです？」

『教えるかよ。それよりお前ら、今組長がしょっぴかれてんだろ？』

「……よくご存じで」

『あの親父《おやじ》がいなけりゃお前らなんて怖《こわ》くねえからな。蜘蛛縫組を徹底《てってい》的にぶっ潰《つぶ》してやる！』

耳元で田鼈がわめき立てる。まるでキャンキャンと吠《ほ》えたてる小型犬のようだ。なんと可愛らしい。輪廻の目がすうっと細められる。

「ええ——謹《つつし》んでお受けいたします」

第三章

「カシラ！　窓掃除《そうじ》終りました！　チェックお願いします！」

ジャージ姿の若衆が、気をつけの姿勢で輪廻を待つ。輪廻は手袋《てぶくろ》をはめた指先で、窓の桟《さん》をすっとひと撫《な》でした。

「ここ、まだ埃《ほこり》が残っていますね」

「すっ、すみません！　すぐに拭《ふ》き直します！」

「ええ、お願いしますよ。親父が戻《もど》ってくるのだから、チリひとつないように美しくしておかないと」

マスクを鼻の上まで持ち上げて、輪廻は次なるチェックポイントまで向かう。

——今日は、勾留《こうりゅう》されていた正太郎が晴れて釈放《しゃくほう》される日。正太郎を出迎《でむか》えるため、早朝から組員総出で大掃除をしているというわけである。

輪廻も三角頭巾《ずきん》に割烹着《かっぽうぎ》、マスクにゴム手袋と完全装備でこの大仕事に臨んでいた。

正太郎の部屋の清掃完了《かんりょう》の報告を受け、チェックを済ませた帰り道。廊下《ろうか》を歩いていると、千切が柱に寄りかかり外を眺《なが》めていた。いい気なものだ。ただでさえ怪我《けが》人が多くて掃除の人手が足りないというのに。

一言もの申してやろうと、輪廻は千切へ近付いた。

「叔父貴《おじき》、少しは手伝っていただけると助かるのですがねえ」

千切は、輪廻へ視線だけを向けて答える。

「先ほど、ここの床《ゆか》を全て雑巾《ぞうきん》がけしましたよ」

「床、とは？」

「この廊下の端《はし》から端まで」

千切は右手を軽く上げて、廊下の突き当たりを指差す。ゆうに数十メートルはあるこの廊下を？　ひとりで？

輪廻は、箒《ほうき》で庭を掃《は》いていた若衆へ問いかける。

「……本当ですか？」

若衆は手を止め、

「本当です！　叔父貴はずっとこの廊下をひとりで拭いていました！」

と緊張《きんちょう》した面持ちで答えた。

「それは素晴らしい。確認してもよろしいですか？」

「ええ、どうぞ」

輪廻は四つん這《ば》いになり、顔を近づけて床を舐《な》めるように観察する。

輪廻の顔が映るほどにピカピカに磨《みが》かれており、シミひとつ残っていない。輪廻は立ち上がり、サングラスの鼻当てを持ち上げてにっこりと微笑《ほほえ》んだ。

「さすが叔父貴、完璧《かんぺき》な仕事ぶりです」

そこへ、鎌切が慌《あわ》ただしく駆《か》けてくる。

「カシラ！　親父がお戻りになりました！」

「予定より早いですね。ですが喜ばしいことです。お迎《むか》えにあがりましょう」

輪廻は大掃除仕様の装備を脱《ぬ》ぎ捨《す》て、大股《おおまた》で玄関口《げんかん》へと向かった。

門から玄関へ続く道を挟《はさ》み、幹部たちが直立不動で並び立つ。正太郎が門へ足を踏《ふ》み入れると「ご苦労様です！」と一斉《いっせい》に頭を下げた。

正太郎は鷹揚《おうよう》に手を挙げ、悠々《ゆうゆう》と歩いて行く。久しぶりに見る正太郎の顔は、泣きたくなるほどに懐《なつ》かしい。

「親父……本当にご苦労様でした」

玄関前に立つ輪廻が、深々と頭を下げる。正太郎は柔《やわ》らかく微笑んだ。

「長い間留守にして、すまなかったね。顔見知りの刑事《けいじ》にナシをつけてもらったんだが、手続きだなんだで時間がかかってしまったよ。ところで――」

ちらり、と首からギプスを吊《つ》っている鎌切を一瞥《いちべつ》する。

「ここが襲撃《しゅうげき》されたというのは、本当かい？」

「……はい。まことに申しわけありません。私の不徳の致《いた》すところで……」

鎌切がうなだれて唇《くちびる》を噛《か》む。正太郎は鎌切の肩《かた》に手を置き、優しく語りかけた。

「そんなことより、お前たちが無事でよかったよ。命はいくら大金を積んでも、戻ってこないからね」

「親父……」

温かい正太郎の言葉に、その場にいた全員が涙《なみだ》ぐむ。義理人情に疎《うと》い輪廻にも、正太郎の想いは深く沁《し》み渡《わた》った。

「さあ。積もる話もあるし、続きは部屋でゆっくり話そうじゃないか」

正太郎が行く先を指し示すように、幹部たちを振《ふ》り返った。

正太郎がいつもの場所へ収まり、輪廻以下幹部たちが下座へつく。正太郎の隣《となり》には、紬が控《ひか》えている。ここのところずっと塞《ふさ》ぎ込んでいた紬の顔にも、笑顔が戻っている。

正太郎が戻ってきたことで、この屋敷《やしき》全体が生気を取り戻したように感じる。

「ガサ入れのあと、田鼈から私の携帯《けいたい》へ電話がありました。どうやらヤツが腹いせで組へカチコミを指示したようです。襲撃に使った人間は、金で雇《やと》ったゴロツキのようでした」

輪廻の報告を、正太郎は黙《だま》って聞いている。

「親父の留守を守れず……本当に申しわけありませんでした」

畳《たたみ》に額を擦《こす》りつける輪廻へ、正太郎が優しく声をかけた。

「輪廻、顔をお上げ。今回の件は誰《だれ》の責任でもないよ。しかし、お返しはきっちりしないといけないね」

「ええ。それはもう。一億倍の利子をつけてお返ししますよ」

輪廻が禍々《まがまが》しい笑みを浮《う》かべる。ここまでメンツを潰《つぶ》されたのだから、徹底《てってい》的にやり返さねばならない。ああ、血が騒《さわ》ぐ。

「親父《おやじ》……これは組の沽券《こけん》に関わりますよ。すぐにでもカチコミすべきです」

鎌切が唾《つば》を飛ばして意気込む。若頭補佐《ほさ》として、威厳《いげん》を示しておきたいのだろう。

他の幹部連中も鎌切と同じ考えのようで、売られた喧嘩《けんか》は買うべきだと、しきりに蜈蚣組との全面抗争《こうそう》を主張しはじめる。

そんな様子を、輪廻は白けた顔で眺めていた。こいつらは分かっちゃいない。目の前のハエを一匹叩《いっぴきたた》いたところで、何も解決しないというのに。

隣に座る千切をちらりと見やる。千切は背筋をピンと伸《の》ばしたまま、身じろぎもせずに彼らの会話を聞いている。

前のめりになっている幹部連中を落ち着かせようと、正太郎が彼らを軽く手で制した。

「まあ、待て。はやる気持ちは分かるが、そもそも田鼈は蜈蚣組を絶縁されているんだから、手打ちにしてもいいと思っているよ。でも、今の田鼈にはケツモチがいるようだね？」

正太郎の問いを受け、輪廻が答える。

「ええ。田鼈自身がそう言っていました。蜈蚣組など目ではないくらいの大物が、バックについていると」

「なるほど……蜈蚣組組長なら、何か知っているかもしれないね。一度話を聞きに行かないと。輪廻、千切。一緒《いっしょ》についてきてくれるかい？」

「もちろんです」

ふたりは声をそろえて答えた。


「……田鼈が、やりおったか」

蜈蚣組組長は眉間《みけん》を揉《も》み、ふぅーっと深いため息をついた。

蜈蚣組の若頭補佐を通じて正太郎が組長と話をしたいと申し出ると、すぐに了承《りょうしょう》の返事が届いた。

蜈蚣組組長としても、自分たちがとばっちりを受けないよう、穏便《おんびん》に回避《かいひ》したいと考えたのだろう。

そういうわけで、正太郎は輪廻と千切を引きつれて再び蜈蚣組を訪れ、事務所のソファに座って、組長と向かい合っているのだった。

「仁義に反する行為《こうい》ですねえ。もっとも、今は極道ですらないのかもしれませんが」

輪廻が畳《たた》みかけるように言うと、蜈蚣組組長の顔がますます険しくなる。

蜈蚣組組長としては、絶縁した人間とはもう関わりたくないというのが本音だろう。だが、田鼈のケツモチをどこがやっているのかを知っているのは、彼しかいない。

「いなくなった子どもの話をされるのは不愉快《ふゆかい》でしょうが、こちらとしても落とし前をつけないと話にならないんですよ。なんとか協力をしてもらえませんか?」

正太郎の物腰《ものごし》は柔らかいが、言葉には有無を言わさぬ響《ひび》きが込められている。蜈蚣組組長もそれを察したのか、再び大きく息を吐《は》いた。

「アンタらが帰った後、田鼈を問い詰《つ》めたが、のらりくらりと言い訳するばかりでまったく話にならんかった。しょうがないから第三者に調査を頼《たの》んだのだが……これがまた厄介《やっかい》でな」

蜈蚣組組長が、大きくため息をついた。

「ウチが、【無常】と付き合いがあるのは、知っているな?」

その名前を聞いて、正太郎の目に剣呑《けんのん》な光が宿った。

――【無常】とは、裏社会でその名を轟《とどろ》かせているアジアンマフィアだ。ドラッグ密売に武器の密輸に人身売買と、なんでもござれの無法者集団。

蜈蚣組はその【無常】と先代の頃《ころ》から友好条約を結び、時にはお互《たが》いの抗争に手を貸し合うこともあったようだ。

「その【無常】と田鼈が、手を組んでいると？」

輪廻が尋《たず》ねると、蜈蚣組組長は「……多分な」と言葉を濁《にご》す。

「最近あいつの自宅に、妙《みょう》な奴《やつ》らが出入りしているのは知っていた。そういう人間との付き合いはやめろと忠告したこともあるが……老いぼれの言うことなんぞ右から左に流しておけばいい、という態度が丸わかりだったな。おたくらが乗り込んできたことで、全てが明るみに出たわけだが……遅《おそ》かれ早《はや》かれこうなっていただろう。見て見ぬふりをした、ワシの責任でもあるな」

蜈蚣組組長は、茶を一口すすった。丸まった背中には寂寥《せきりょう》感が漂《ただよ》っている。だが、彼の愚痴《ぐち》を聞きに来たわけではない。こんな曖昧《あいまい》な情報だけで、協力した気になられては困るのだ。

「組長。私どもとしては、田鼈をきっちり追い込んで落とし前をつけさせなきゃ、面目が立たないんですよ。絶縁するくらいなのですから、他にも何かご存じなのでは？」

輪廻がそう言うと、途端《とたん》に蜈蚣組組長が不愉快そうに顔をしかめた。

「悪いが、ワシはこれ以上関わりたくない」

「そうはいきません。田鼈はウチのシマで御法度《ごはっと》のヤクをばらまいていた。根絶やしにしないと、また同じことを繰《く》り返すでしょう。それに、関係を絶たないと、蜈蚣組としてもメンツが丸つぶれになるんじゃないですか？」

「しかし……」

さすがに、旧《ふる》い付き合いの相手を売るような真似《まね》はしたくないのだろうか。蜈蚣組組長は言葉を濁して言いよどむばかりだ。

すると、正太郎がすっと立ち上がった。蜈蚣組組長の前へしゃがみ、皺《しわ》だらけの手に自分の手を重ねて優しく語りかける。

「──大丈夫《だいじょうぶ》ですよ。悪いようにはしません。全て僕たちにお任せください」

正太郎の紅《あか》い瞳《ひとみ》がぼうっと光る。蜈蚣組組長の全身から力が抜《ぬ》け、だらりと体を弛緩《しかん》させた。

「……本当か？　アンタはワシを助けてくれるのか？」

「ええ。お約束しますよ。あなたとあなたの組は、僕たちが守ります」

蜈蚣組組長が首を傾《かたむ》け、正太郎をゆっくりと見つめる。深く刻まれていた眉間の皺がすっかりゆるみ、安堵《あんど》に蕩《とろ》けきった顔はまるで別人のようだ。

「……ああ。そんなことを言ってくれたのは、アンタが初めてだよ。ウチの人間は、誰も信用ならん。どいつもこいつもワシの寝首《ねくび》を掻《か》くことばかり考えておる。誰がこの組を育てたと思っとるんだ……」

蜈蚣組組長は、はらはらと涙《なみだ》を流し始めた。正太郎は、そんな彼の背中を優しくさする。

「さぞかし、お辛《つら》かったでしょう。僕はあなたの苦しみを分かち合いたい。だから、あなたの知っていることを教えてほしいんです」

正太郎が、再び蜈蚣組組長の顔をのぞき込む。組長は魅入《みい》られたようにうなずく。

「ああ……アンタにならら全部話そう――」

「では、教えてください。【無常】と田鼈の詳《くわ》しい関係を」

正太郎に手をさすられ、蜈蚣組組長は、導かれるように話し始めた。

「ワシもこの調子だから、最近では名ばかりの付き合いだったが……どうも田鼈が、【無常】の若衆と手を組み、新しいヤクの開発をもくろんでいたらしい」

「……新しいヤク、とは？」

「ワシもそこまでは知らん。なんでも【無常】の若衆は、大陸の山奥にヤクの生産工場を持っているらしくてな。田鼈を通して、日本に流通ルートを作ろうとしていたようだ。ヤツらには仁義のかけらもない」

せこい横流し程度なら見逃《みのが》そうとも思ったが、さすがにこれは看過できない。やむを得ず絶縁した――というのが一連の事件の顚末《てんまつ》のようだ。

「田鼈にはガキの頃から目をかけてやっていたのに、このザマだ。情けない」

蜈蚣組組長はいまいましげに吐き捨てた。正太郎はそんな組長を労るように、優しく語りかける。

「手塩にかけて育てた子どもに裏切られ、無念だったでしょう。彼は、僕たちが責任を持って更生《こうせい》させます。あなたは何もせず、ここで成果を待てば良い」

正太郎の言葉を聞き、蜈蚣組組長はおいおいと泣き崩《くず》れた。

「ありがとう……アンタは大した男だよ……。アンタなら全てを任せられる。田鼈を……よろしく頼む」

「ええ。どうぞお任せください」

正太郎は、震《ふる》える蜈蚣組組長の手をしっかりと握《にぎ》りしめた。

「久しぶりにこの力を使ったが……できればしばらくは封印《ふういん》したいものだね」

蜈蚣組の屋敷《やしき》を出たあと、正太郎は疲《つか》れ切った様子で髪《かみ》の毛をかきあげた。声に力がなく、時折足元がふらついている。

正太郎の【能力】——意思が弱った人間を操る【魅了《みりょう》】。相手の心の中へ深く入り込み、わしづかみにするのだ。この能力は、使う人間の度量が試される。まずは相手に多少なりとも心を開かせる必要があるからだ。そういった意味では、正太郎はこの【能力】に選ばれた人間とも言える。

しかしその力と引き換《か》えに、正太郎はかなりの体力を消耗《しょうもう》する。今回は【能力】の発動時間が短かったからこの程度で済んでいるようなものだ。

「親父《おやじ》、大丈夫ですか？」

「問題ないよ。少し休めばすぐに良くなる。せっかくだから休憩《きゅうけい》がてら、どこかで食事でもどうだい？」

「ええ、ぜひ──」

ヴーッ、ヴーッ。

千切のジャケットの胸ポケットに入れていたスマホが、小刻みに震える。

「失礼」

千切がスマホを取りだし、ちらりと画面を見た。

「……すみません。急用ができてしまいました。食事はまた、別の機会に」

千切が申しわけなさそうに言う。急用とはいえ、まさか正太郎の誘《さそ》いを断るとは。組の人間なら、恐《おそ》ろしくてとてもできない行為だ。しかし正太郎は気にする様子もなく、穏《おだ》やかに笑っている。

「おや、それは残念。では、またの機会に」

「では、私はこれで」

千切は正太郎へ一礼すると、振《ふ》り返りもせずにスタスタと歩き出した。

千切がいなくなると、正太郎が振り返り輪廻を促《うなが》す。

「僕たちも行こうか」

駐車場《ちゅうしゃじょう》で待たせておいた車へ乗り込み、馴染《なじ》みの料亭《りょうてい》へと向かった。これまで輪廻も何度か同伴《どうはん》した店だ。

正太郎はこの店を訪れる時は、個室に通され好物を適当に見繕《みつくろ》って出してもらい、紬や輪奈織への土産《みやげ》を持って帰宅するのが常だ。

正太郎は博打《ばくち》を打たず、酒もたしなむ程度。妻の紬一筋で、他に女がいる様子もない。ヤクザの親分とは思えないほど清廉潔白《せいれんけっぱく》だ。そんなところも、輪廻が彼へ畏敬の念を抱く要素のひとつだった。

「合鴨《あいがも》のロース蒸しでございます」

女将《おかみ》が正太郎と輪廻の前へ、美しく盛り付けた先付けを配膳《はいぜん》する。

「ありがとう。美味《お》しそうだ」

「ごゆっくりどうぞ」

女将が引っ込むと、正太郎は合鴨を一切れ箸でつまみ、口に運んだ。

「うん、脂《あぶら》が乗っていて美味しいね。輪廻、お前も食べなさい」

「いただきます」

輪廻も正太郎にならい、料理に口をつける。

「……美味《うま》いです」

「気に入ってくれてよかった。そういえば、お前とこうしてサシで食事をするのは久しぶりだね」

「そうですね。最近はゴタゴタしていて、ゆっくりメシを食う時間もありませんでしたから」

「美味い食事は心を豊かにする。忙《いそが》しくても、こうした時間は大切にしたいね。そういえば、お前と初めて食事をしたのも、この店だったね」

正太郎が懐《なつ》かしげに目を細めた。そういえばあの時の先付けは、鮟肝煮《あんきもに》だったか。今と同じように輪廻と向かい合い、鮟肝を味わっていた。

「親父には、感謝していますよ。私のようなはぐれモノを組に置いてくださって」

「一目見て思ったよ。お前は見込みがあるとね。僕の見る目は正しかったようだ」

「クフッ、どうなんでしょうねえ？　ただ――あそこで平凡《へいぼん》な暮らしを選んでいたら、私は退屈《たいくつ》に殺されていたかもしれません。今の私があるのは全て、親父の導きのおかげですね」

正太郎が微笑《ほほえ》んで輪廻を見つめる。少年だった輪廻は、当時の面影《おもかげ》をまったく残さない姿へ成長したというのに。正太郎は出会った時と変わらず、怜悧《れいり》そうな少年の姿のままだ。もしかしたら不老不死なのではないかとすら思う時がある。

「そういえばお前は、ずいぶんと千切を気に掛《か》けているようだね。少しは仲良くなれたのかな？」

正太郎に言われ、輪廻は不本意だという顔になる。

「……野良犬が、盗《ぬす》み食いをしないか心配しているんですよ。田鼈を詰めに行ったときのことを、覚えていますか？」

「ああ。田鼈の舎弟を虎山に連れて来させたのには、度肝《どぎも》を抜《ぬ》かれたよ。お前もなかなか面白い真似《まね》をする」

「あの時、叔父貴《おじき》は変装してセミナーの会場に潜入《せんにゅう》していたんです。私たちとは別行動で、他の男と一緒《いっしょ》に」

「おや、すごい偶然《ぐうぜん》もあったものだね」

正太郎は驚《おどろ》いたように目を丸くしてみせる。もっとも彼のことだから、何もかもお見通しなのかもしれないが。

「田鼈ほどではありませんが、叔父貴も何か企《たくら》んでいるんじゃないですか？　そんな回りくどい真似をせずとも、もっと極道らしいやり方があるでしょうに」

正太郎がなぜ千切を放し飼いにしておくのか。いい機会だから、真意を確かめたい。

「極道らしい……か。お前がそんなことを言うとはね」

正太郎がくすりと笑みを漏《も》らす。誰《だれ》よりも任侠《にんきょう》精神が薄《うす》い輪廻が『極道らしいやり方』

などと口走るようになるとは。ある意味、輪廻に極道としての心得を学ばせたいという正太郎の目論見は、うまくいっているとも言える。

「言葉のアヤですよ。親父に仇《あだ》なそうとしているのなら、私は見過ごせませんから」

「どんな経過をたどろうとも、きちんとした結果にたどり着けるなら問題はないと思っているよ」

「……飼い犬に手を噛《か》まれたとしても、ですか？」

正太郎は湯飲みに口をつけ、茶を一口すすった。

「それもまた一興、というところかな」

「犬を飼うなら、もっと毛並みが良いのがいるでしょう」

「そうかもしれないね。でもどちらかというとあれはね、蜥蜴《とかげ》なんだよ」

「蜥蜴……？」

「海外では幸福をもたらす使者として崇《あが》められている地域もあるそうだよ。飼っていたら何かいいことがあるかもしれないね」

ふと、ホストクラブへ潜入したときに目撃《もくげき》した、千切の手首に彫《ほ》られた蜥蜴の刺青《いれずみ》を思い出す。

もしかしたら正太郎は、千切の正体をすでに摑《つか》んでいるかもしれない。だが、それを聞くのは野暮というものだろう。

正体は自分でつかんでこそ、追い詰めた時の旨味《うまみ》が増すモノだ。メインディッシュは、最後までとっておくべきだろう。

輪廻はニタリと笑い、合鴨をかじった。

食事を済ませて帰宅すると、玄関先《げんかんさき》で幹部たちが待ち構えていた。

「親父《おやじ》！　お帰りなさいませ！」

「よくぞご無事で！」

「大げさだね。ちょっと話をしてきただけじゃないか」

「相手はあの蜈蚣組ですよ⁉　タマ取られたんじゃないかと心配で心配で……っ」

本部長の井守《いもり》が、肩《かた》をわなわなと震《ふる》わせた。

「紳士《しんし》的にご対応いただいたよ。その辺は部屋で話そうか」

正太郎が皆《みな》を促し、部屋へ移動しようとすると、

「ただいま戻《もど》りました」

千切が姿を現す。途端《とたん》に、幹部たちの空気がピリッと張り詰めた。

彼はどこかに隠《かく》れていて、正太郎が戻ってきたタイミングを見計らって登場したのだろうと誰もが思っているのだ。

自分に注がれる胡乱《うろん》な視線を知ってか知らずか、千切は申しわけなさそうに頭を下げた。

「親父の出迎《でむか》えに遅《おく》れてしまいすみません。馴染みの情報屋から、【無常】に関する重要な情報が入ったと連絡《れんらく》があったもので」

「……【無常】の？」

輪廻は咄嗟《とっさ》に聞き返してしまった。さっき正太郎からの誘《さそ》いを断ったのはそういうわけだったのか。

「ええ。以前から探らせていたのですが、ここしばらく動きが活発になったようで」

「分かった。それも含《ふく》めて話し合おうじゃないか」

正太郎の言葉に、緊迫《きんぱく》した空気が辺りに漂《ただよ》う。輪廻はじっと、千切の横顔を見つめていた。

正太郎の部屋へ戻り、全員が定位置につく。それを確かめた後、正太郎が口火を切って千切へ尋《たず》ねた。

「千切。さっきの話について詳《くわ》しく聞かせてもらおうか」

千切が改まった様子で口を開く。

「はい。【無常】が来月、ある人物と密会するという情報を得ました。おそらく相手は田鼈かと」

幹部たちの視線が、千切に集まった。

「叔父貴、それは本当なんですか？」

鎌切が身を乗り出して尋ねる。

「ええ。確かな筋からの情報です」

「それで、ヤサはどこなんです？」

鎌切が千切へにじり寄る。千切はそれを押しとどめるかのように、手のひらを鎌切の前へとかざした。

「落ち着いて話を聞いてください。まだ確定ではありませんから」

「ですが、会うことは決まっているんでしょう？　いっそ【無常】んとこへカチコミに行くのも手じゃないですか？」

幹部たちは口々にそう言い出した。ついに意趣返《いしゅがえ》しのチャンスが訪れ、血気にはやっているのだろう。

「あちらも警戒《けいかい》しているため、ダミーの情報を流している可能性もあります。裏をかかれて逃《に》げられては意味がない」

「じゃあ、指くわえて見てろって言うんですか!?」

事務局長の兎田が怒鳴《どな》り散らす。一触即発《いっしょくそくはつ》の空気の中、千切がゆっくりと口を開いた。

「私に、作戦があります」

「……作戦？」

「場所については、複数の候補地があります。どこで密会が行われるか、当日まで分からない。ですから、手分けして見張りを立てたいと思っています」

「そんなことしたら……屋敷《やしき》が、がら空きになるじゃないですか」

井守が顔をしかめる。彼の心配はもっともだった。蜘蛛縫組の構成員は数十人ほど。空《から》振《ぶ》りに終わるような見張りに人数を割く余裕《よゆう》は、とてもないように思える。

「問題ありませんよ。密に連絡を取り合えばいいのですから。【無常】が現れた段階で監《かん》視《し》を打ち切って屋敷に戻るなり、応援《おうえん》に合流するなりすればいい」

前例のない作戦を提案され、幹部たちは困惑《こんわく》気味に顔を見合わせた。

「……親父……どうします……？」

兎田が正太郎の様子をうかがう。

正太郎は愉快《ゆかい》そうにクックと喉《のど》を鳴らした。

「面白そうじゃないか。いいだろう。千切、仕切りはお前に任せるよ。輪廻、補佐《ほさ》を頼《たの》む」

「かしこまりました」

「ついにやるのか……」

「しかし、ただのカチコミじゃないんだろう？」

「本当に大丈夫《だいじょうぶ》なのか……？」

正太郎が決定を下したものの、幹部連中の不安はそう簡単に拭《ぬぐ》い去《さ》れないようだ。正太郎を援護《えんご》するべく、輪廻がにこやかに言う。

「皆さん、叔父貴《おじき》を信じましょう。組のために、ここまで調べてきてくださったんですから」

「……叔父貴が、嘘《うそ》をついている可能性は？」

舎弟頭の鷲川《わしがわ》がおそるおそる切り出す。彼らは千切が裏切るのではないかと、懸念《けねん》しているのだろう。

「この件に関しては真実だと、私が保証します。もし、叔父貴の情報がガセだったら──」

輪廻が千切へ、鋭《するど》い視線を向けた。

「……私が、叔父貴を始末します。いいですよね？　叔父貴」

「ええ。あなたに、タマを預けますよ」

千切が不敵に笑う。交錯《こうさく》する視線は、まるで研《と》ぎ澄《す》まされた刃物《はもの》を交えているかのようだ。真剣《しんけん》勝負さながらのふたりの様子を、幹部たちは固唾《かたず》を呑《の》んで見守っていた。

「カシラ。援護してくださって、ありがとうございました」

幹部会議が終わり部屋を出て行こうとすると、千切が声をかけてきた。

「とんでもないです。どうもウチのヤツらは、猜疑心《さいぎしん》が強すぎて。叔父貴に嫌《いや》な思いをさせてしまって、申しわけありません」

「いえ。彼らが疑うのも当然ですよ。私は所詮《しょせん》よそ者ですし」

自虐的《じぎゃく》な言葉を口にしているが、千切の顔に微笑《ほほえ》みが浮《う》かんでいる。どうせたいして気にしていないのだろう。

「それにしても、叔父貴のご提案には驚《おどろ》きましたよ。ヤクザのやり口とはまったく違《ちが》う。まるで――マトリやサツのようです」

「そうですね。参考にしましたから。正面切って戦うのは美しくはありますが、私としては確実に勝ちに行きたい」

「まったくもって同意です。これからは我々ヤクザも、効率化を図らねばなりませんね。それにしても、叔父貴の情報屋はとても優秀ですね。一体どこで知り合ったんです？」

「ちょっとした縁が、あったんですよ」

輪廻は笑って受け流す。明らかにはぐらかされているが、真に受ける必要もないだろう。

「やはり縁は大切にしないといけませんね。ところで、叔父貴を見込んでご相談があるのですが」

輪廻は四角形の小さな板状のものをポケットから取り出し、千切へ差し出した。

「……？　これは……マグネット、ですか？」

「いえ、盗聴器《とうちょうき》です」

千切は驚いたように目を見開き、輪廻の手のひらに載《の》せられた盗聴器を、まじまじと見つめた。

「すごいですね。どう見ても、マグネットにしか見えない」

「実は、これが私のマンションの出窓に設置されておりまして。蛇ノ目が外出の際、出窓に不審《ふしん》なものがあると教えてくれたんです。彼の【能力】がなければ見過ごしていたでしょう。ああ、恐《おそ》ろしい」

輪廻は大げさに自分の肩《かた》を抱《だ》いて、ガタガタと身を震《ふる》わせる。千切は口元に手を当てて、盗聴器をじっと見つめた。

「……何か、心当たりは？」

「それが、ありすぎて困っているんですよ。叔父貴の凄腕の情報屋に、ぜひ調べていただけませんかねえ？」

「そうですね……相談してみます。これは、お預かりしていいですか？」

「ええ、もちろん」

輪廻がうなずくと、千切は盗聴器を大切そうにジャケットのポケットへしまった。

「何か進展があったら、ご連絡しますよ。では」

「よろしくお願いします」

深々と頭を下げて、千切を見送る。顔には歪《ゆが》んだ笑いが浮かんでいた。

「クフッ……自分で仕掛《しか》けておいてよくもまぁ、白々しい」

蛇ノ目に不審な設置物の存在を指摘《してき》された時から、輪廻は千切がやったのだろうと見当をつけていた。

小紋コンベンションセンターでのリアルイベントの情報は、千切には一切知らせていない。独自に情報を得ていたとしても、輪廻のピンチに颯爽《さっそう》と駆《か》けつけるような都合が良い登場の仕方は不可能だ。

他にも入念な捜査《そうさ》を行い、取り引き現場の約束を洗い出したのだろう。それこそ自分の足を使って。

これまでの言動や行動から、千切は裏社会の人間ではないと輪廻は目星をつけている。

彼は、おそらく――

（まったく、叔父貴の執念《しゅうねん》には感服しますよ）

何がそこまで、彼を駆り立てるのだろうか？　だが理由など、どうでもいい。思う存分暴れられる舞台《ぶたい》を用意してくれたのだから。

「うずうずしてきましたよ。楽しみですねぇ」

輪廻が唇《くちびる》をペロリと舐《な》める。その顔には、遠足前日の子どものように無邪気《むじゃき》な笑みが浮かんでいた。

「こちら、千切班。湾岸《わんがん》倉庫前に到着《とうちゃく》しました」

万亀川がトランシーバーに向かって報告すると、「了解《りょうかい》」と短い返事がきた。

「緊張《きんちょう》した〜。なんだか、刑事《けいじ》ドラマみたいですね！」

報告を終えた万亀川が、目を輝《かがや》かせる。

――【無常】と田鼈の密会当日。

千切の指示で組員たちを班分けし、複数の候補地に待機させている。やりとりは全てトランシーバーで行い、【アタリ】の場所が判明次第、他の候補地を張り込んでいる組員たちが合流するという作戦だ。

これまで自分たちがやってきたカチコミとは違う、システマティックな手順に幹部たちは戸惑《とまど》っていたが、事情をよく分かっていない若衆は、この状況《じょうきょう》を楽しんでいるようだった。

正太郎の鶴《つる》の一声で、千切に指揮を委ねると決定してからの、彼の動きは素早かった。

まず複数あるとされる取り引き場所の見取り図を用意。詳細《しょうさい》な待機場所や、もし【アタリ】だった場合の移動方法までマニュアルを作成し、何度も作戦会議と称《しょう》して組員たちを招集し、リハーサルまで行う念の入れようだった。

トランシーバーの使用も、千切の提案だ。連絡《れんらく》を取り合うならスマホでいいじゃないかと渋《しぶ》る幹部たちを「誰《だれ》に傍受《ぼうじゅ》されているか分からない。トランシーバーアプリを入れれば、秘話性が高くなります」と説得し、トランシーバーの購入《こうにゅう》やアプリのインストールまでこと細かに指示を出したのだった。

「叔父貴の訓練のおかげで、若衆もだいぶ統率が取れてきましたよ。ウチは自由度が高い分、団体行動が苦手な人間が多くて」

「皆《みな》さんよく私の指示を聞いてくださって、こちらこそ助かっています」

「クフッ、ここ数年は大きな抗争《こうそう》もなく平和でしたからねえ。なんだかんだで皆、戦いたくてうずうずしていたんでしょう」

「そういえば先日お預かりした、盗聴器の件ですが」

千切がジャケットの胸ポケットから盗聴器を取りだし、輪廻へ差しだす。

「おや、もう何か分かったんですか？」

「情報屋で調べてもらったところ、これは一般的《いっぱん》に販売《はんばい》されているものとは異なるようですね。いわゆるプロ仕様だそうで」

「……犯人は、スジモノではないと？」

「そうですね。マトリか公安か……もしくは海外の捜査組織か。いずれにせよ、注意した方が良さそうです」

「ああ、怖《こわ》い怖い！　親父《おやじ》がしょっぴかれたばかりだというのに。しょっぴかれるだけならいいのですが、タマを奪《と》られてしまうかもしれません」

輪廻は背中を丸めて頭を垂れ、怯《おび》えた仕草をしてみせる。

「ご安心ください。カシラは、私がお守りしますから」

千切の言葉を聞いて、輪廻の脳裏にある光景がよみがえる。こめかみに銃口《じゅうこう》を突《つ》きつけられた、あの時の。

『彼を殺したら——私があなたを撃《う》ちます』

言葉の弾丸《だんがん》で、頭を撃ち抜《ぬ》かれたような衝撃《しょうげき》。案外千切は、本気で輪廻を守るつもりかもしれない。自分の手で、輪廻を仕留めるまでは。

(……なんて盗聴器を仕掛けた張本人に言われても、信用できませんがね)

トラックが倉庫の前に横付けされ、シャッターが開く。中から作業着姿の男たちが降りてきて、トラックに積んだ段ボール箱を下ろし始めた。

息を潜《ひそ》めて、様子をうかがう。裏口付近で待機していた蛇ノ目から、トランシーバーへ連絡が入った。

『こちら、蛇ノ目。【無常】のメンバーがこっちへ近付いてます。あと十分もしたらこちらに来るかと』

「了解。周辺から応援《おうえん》をこちらに寄越《よこ》してもらうように」

『あ……でも、リーダーでしたっけ。ソイツは乗ってないみたいです。なんか、渋滞《じゅうたい》に巻き込まれたって話してるっぽいですよ』

「分かりました。念のため、各候補地に何人か待機させておいてください」

『了解ッス』

輪廻が蛇ノ目へ指示を出し、トラックを見守る。どうやらここが【アタリ】だったらしい。

——研修の際に、千切は蛇ノ目へ【無常】のメンバーの顔写真を見せ、徹底《てってい》的に頭へ叩《たた》き込《こ》ませた。

蛇ノ目は五感に優れており、数キロ先の音や風景、匂《にお》いを感じることができる。それを利用し、見張りに立たせていたのだ。

蛇ノ目をここへ連れてきたということは、千切は初めから取り引き現場を特定していたに違《ちが》いない。【無常】や田鼈を攪乱《かくらん》するために、見張りと称して複数の場所へ組員たちを配置したのだろう。

たかがドラッグの取り引きにここまでするかと、並々ならぬ執念に恐れ入るばかりだ。

「蛇ノ目の報告通りだとすると、あのトラックに積まれている荷物は、クスリで間違《まちが》いなさそうですね」

「ええ。ですが目標はあくまで田鼈。彼らにはあまり時間をかけられません」

「問題ありませんよ。サクッといきましょう」

ヒュッ――

輪廻が男たちへ向かって糸を飛ばし、ひとまとめにして拘束《こうそく》する。

「うわっ⁉」

「なんだこりゃ⁉」

男たちは何が起こったのか分からないまま、荷台に転がされた。

「さて、ちゃちゃっと中も片付けてしまいましょう。お前たちはここでおとなしく待っていなさい」

舎弟たちを残し、千切と輪廻はシャッターを開き、倉庫へ入る。

「侵入者《しんにゅう》だ！　ぶち殺せ！」

騒《さわ》ぎを聞きつけた男たちが飛びかかってきた。

「邪魔《じゃま》です」

宙に放った編みぐるみ爆弾《ばくだん》が炸裂《さくれつ》し、男たちが一気に吹《ふ》っ飛《と》んだ。

「カシラ、手荒《てあら》な真似《まね》は控《ひか》えていただけると」

「むしろ、かなり手心を加えたつもりなんですがねえ」

倉庫の奥へと向かうと、男たちが中国語らしき言葉を叫《さけ》びながら、銃を構えて一斉《いっせい》に放つ。輪廻は蜘蛛《くも》の巣《す》状に張った網《あみ》でそれらを全てはね除《の》け、ひた走った。

「カシラの【能力】は、なかなか便利ですね」

「お褒《ほ》めにあずかり恐縮《きょうしゅく》です。コレ、人海戦術作戦には強いんですよ」

蜘蛛の巣を器用に操り、傘《かさ》のように掲《かか》げながら走る。男たちはしつこく追いすがってきたが、やがて力つきたのか背後には誰もいなくなっていた。

「かなり奥まできましたね。この倉庫、広すぎやしませんか？」

【無常】のリーダーが到着する前に、田鼈を見つけておかないと――」

「おいおいおい、人のシマで何やってんだテメェらは」

どん、と床《ゆか》を踏《ふ》みしめ、田鼈がのっそりと現れた。以前蜈蚣組で会った時よりも頬《ほお》がこけ、無精髭《ぶしょうひげ》がうっすらと生えている。目は落ちくぼんで澱《よど》み、ギラついた光が宿っている。

「お久しぶりです。先日はご連絡ありがとうございました。あれから音沙汰《おとさた》がないので、こちらからうかがうことにしたんですよ」

「それはどうも。事前に連絡くれたら、茶くらい用意したのに」

「いえいえ、お気遣《きづか》いなく。それにしても、ずいぶん見違《みちが》えましたねえ。野性味あふれる顔になられて」

田鼈のこめかみに、ピキッと血管が浮《う》き上がった。

「……誰のせいだと思ってんだよ？」

「おや？　褒めたつもりだったのですが。すましていた以前の顔より、今の方が魅力的《みりょく》ですよ」

「それはどう……もッ！」

挨拶《あいさつ》もそこそこに、田鼈の拳《こぶし》がぶんっと空を切る。飛び退《の》いた瞬間《しゅんかん》、コンクリートの床に田鼈の拳がめりこんだ。

「いきなり、手厚い歓迎《かんげい》ですねえ」

出会い頭に殴《なぐ》りかかってくるとは。これが体面をかなぐり捨てた田鼈の本性なのだろう。だが、まだるっこしい腹の探り合いをするよりも、話が早くて助かる。膝《ひざ》をついたまま肩《かた》にかけた上着の位置を整え、輪廻が立ち上がった。

「電話でずいぶん気焔《きえん》を吐《は》いていましたが、その後【無常】の方々とは仲良くやっていらっしゃるようですね」

「アイツらも、ジジイどものダルいやりとりに苛立《いらだ》ってたみたいだったからな。今どき仁義《にんきょう》だ任侠だって、古くさいんだよ。今はスピードってモンが大事なんだ」

「それには同意ですがね。やり方が荒《あら》っぽすぎやしませんか？」

「今まで親父に遠慮《えんりょ》してたんだが、【先生】に言われて目が覚めたよ。あんな老いぼれジジイの下についてたって、俺に未来はないってな」

「おやおや。杯《さかずき》を交わした相手に対してずいぶんな言いぐさですねえ」

「俺はもっと、上へ行くべき人間なんだ。【先生】に言われて目が覚めた。俺はもっと【レベルアップ】する。これはそのための【最重要タスク】なんだ」

言葉を発するたびに田鼈の目は真っ黒に塗《ぬ》りつぶされてゆく。言葉はどこか上滑《うわすべ》りで、言葉を発するたびに無機質さが増してゆく。

――夜宮十月も似たようなセリフを口走っていた。

『てめーを殺《や》るのが今の【サイジューヨータスク】だって【先生】が言ってんだ。だからオレはてめーをぜったいぜったいぜったいぶっ殺す！』

――そして、先日参加した【リアルセミナー】での【先生】の講話。

『――今はしっかりと信念を抱《いだ》き嵐《あらし》に耐《た》えるのです。そうすればきっと【魂《たましい》のステージ】が上がり、【ランクアップ】できるでしょう』

バラバラのピースが、輪廻の中でカッチリと嵌《は》まる。おそらく、【先生】はこれらのキーワードをちりばめ、彼らを【洗脳】しているのだろう。おそらく、あの脳を蕩《とろ》かすような、甘く優しい声で。

「……他人に札を貼《は》られて動くほど、下らないことはありませんねえ」

ぼそりと輪廻がつぶやく。

「あぁ？　ワケ分かんねえこと言ってんじゃねーよ」

田鼈が挑発《ちょうはつ》するように肩をいからせ、輪廻の顔をわしづかみにしようとする。

輪廻は素早く避《よ》け、田鼈の腕《うで》に糸を絡《から》めようとしたのだが——

「なんだァ？　おい」

田鼈の皮膚《ひふ》の上を、糸はつるつると滑るばかりだった。見ると、田鼈の皮膚は硬《かた》く盛り上がり、まるで鎧《よろい》のように全身を覆《おお》っていた。

（【硬質化《こうしつ》】か！）

どうやらこいつも、【能力者】だったようだ。しかも、輪廻の糸とは絶望的に相性が悪い。

（守りに入るのは趣味《しゅみ》じゃないんですが——）

なるべく距離《きょり》をとり、防御《ぼうぎょ》姿勢をとる。だが、田鼈は容赦《ようしゃ》なく間合いへ入り、輪廻のガードを打ち崩《くず》してしまった。

「ははっ、分かったぞ！　そのしゃらくせえ糸みてえなヤツを出させないためには、こうすりゃいいんだよなあ！」

田鼈が輪廻に肉薄《にくはく》し、思い切り頭突《ずつ》きを喰らわせてきた。ゴッ！　と音がして頭蓋骨《ずがいこつ》ごと揺《ゆ》さぶられるような衝撃《しょうげき》に貫《つらぬ》かれる。

「……ッ！」

頭を床にぶつけないように、咄嗟《とっさ》に体を丸めて受け身をとる。

脳震盪《のうしんとう》を起こして倒《たお》れなかっただけマシだが、頭がクラクラして次の一手をうまく考えられない。

うずくまっている輪廻へ、田鼈が覆い被《かぶ》さってきた。その瞬間に背中を丸めて思い切り田鼈へ打ち付けるが、【硬質化】された田鼈の体はびくともしない。

「おらっ、サンドバッグにしてやるよ！」

輪廻の体を転がして仰向《あおむ》けにさせ、馬乗りになり顔面を殴打《おうだ》する。口の中が切れてジンジンと痺《しび》れる。どうせ痛めつけられるならお嬢《じょう》がいいのに。

――などと呑気《のんき》なことを考えているうちに、頭がぼんやりしてきた。まずい。

「お前の顔、やっぱムカつくわ。潰《つぶ》しとかねえと気が済まねえ」

田鼈がブンッと右腕《みぎうで》を一振《ひとふ》りすると、指先が鋭利《えいり》な刃物《はもの》のような形状へと変化した。

「クフッ……【武器化】の能力もお持ちですか。多才ですね」

「おかげ様でなァ。それじゃあちょっくら試し切りさせてもらおうか！」

ヒュッ、と輪廻の頬を尖《とが》った指先がかすめる。真っ赤に染まった傷口から、つうっと鮮《せん》血《けつ》が一筋垂れ落ちた。

「ずいぶん、勿体《もったい》ぶりますね。もしかして、一発で仕留める自信がないんですか？」

「分かってねえな、じわじわ傷つけてなぶり殺しにするっつってんだよ」

「はあ……分かってないのはそちらですね。なぶり殺しというのは、もっと精神的にも肉体的にも追い詰《つ》めて、相手の恐怖《きょうふ》を煽《あお》ってからやるものです。あなたのそれはただ、ノロマなだけです」

輪廻が不敵に笑って言う。田鼈のこめかみに、びきびきと青筋が浮かんだ。

「~~言うじゃねえか。そんならお望み通り、一発でズタズタにしてやるよ!」

ビュッ、と指先が輪廻の顔めがけて振り下ろされる、その瞬間——

「ぐぎゃッ!」

田鼈が叫《さけ》び声をあげて仰け反った。唇《くちびる》がめくれ、ナイフの刃が突《つ》き刺《さ》さっている。

「——やはり。粘膜《ねんまく》は【硬質化】できないようですね」

千切がひゅっと手を振り、冷ややかな声で言う。

「あがっ、おっ、うぉおおおッ!」

田鼈はもがき苦しみ、輪廻の上から転がり落ちる。

「ひえぇめえええええ、ぶっこりょしゅ!」

ろれつが回らない口で罵《ば》倒《とう》し、田鼈が千切めがけてめちゃくちゃに両手を振り回す。刃物状に変形した指先が、千切の右腕をスーツごと切り裂《さ》いた。

「……!」

千切が咄嗟《とっさ》に腕を押さえて飛び退く。押さえた手のひらに、鮮血が滲《にじ》んだ。

(今だ!)

田鼈の意識は、完全に千切へ向いている。輪廻は横たわったまま手をかざし、田鼈へ向けて糸を放った。

田鼈の顔へすうっと糸が絡みつく。糸はぐるりとこめかみ辺りを取り囲み、眼球へグッと食い込んだ。

「……ッ！」

「やっと分かりましたよ。こうすればよかったんですね。眼球も、粘膜のひとつですから」

「ひ……あ……あッ……」

唇からボタボタと血が垂れ落ちる。田鼈は首を横に振り、うぅっと唸《うな》った。

「さあて、これからどうしましょうか？　片目ずつくり貫《ぬ》いて、目の前で解剖《かいぼう》ショーをお目にかけましょうか？　それとも、上から少しずつスライスしていきましょうか？」

「やめ……やめ……あ……ひぃ……ッ！」

「できるだけ苦しめるよう配慮《はいりょ》します。さあ、リクエストをどうぞ？」

田鼈の目もとは涙《なみだ》でぐちゃぐちゃに濡《ぬ》れている。鼻からは鼻水が垂れ流され、半開きの唇からはヨダレと血が伝い落ちる。

「頼《たの》む、それだけは、ゆるひ……れ……ッ」

「はい、時間切れです。それでは行きますよ」

輪廻が指先に絡めた糸を軽く引っ張る。目にかかった糸はまぶたを滑り、細い傷口が残された。

「あ……あ……っ……」

緊張《きんちょう》が極限状態に達したせいか、田鼈は白目を剝《む》いてその場に倒れた。

「クフッ、おバカさんにはちょうどいい仕打ちです」

「…………」

何か言いたそうにしている千切へ向かって、輪廻が微笑《ほほえ》む。

「叔父貴《おじき》、先ほどはアシストありがとうございました」

「いえ。私は——」

「私ではなく田鼈を助けた、と。そう仰《おっしゃ》りたいのでしょう？」

輪廻が千切の言葉を遮《さえぎ》る。

「さすがカシラ。私の考えを読みきっていらっしゃる」

千切は軽い笑みを口元へ浮《う》かべた。

「これだけ長い時間一緒《いっしょ》に過ごしていたら、分かってきますよ。そういえば叔父貴、怪我《けが》は——」

輪廻は目をみはった。先ほど、田鼈にざっくりと切られた千切の右腕の傷口が、綺麗《きれい》さっぱり消えていたのだ。

あれは、錯覚《さっかく》だったのだろうか？

いや、そんなはずはない。その証拠《しょうこ》にスーツの袖《そで》には、荒々《あらあら》しく切り裂かれた痕《あと》が残っている。右腕を押さえていた千切の指先にも、固まった血がこびりついている。

（では、あの傷はどこへ……？）

「どうかしましたか？」

千切が不思議そうに輪廻を見ている。輪廻は笑顔を作り「なんでもありませんよ」と答えた。

「さて。こちらの仕事は終わりましたし、後始末をしましょうか」

輪廻はスマホを取り出し、外で待つ万亀川へ電話をかけた。

「もしもし、私ですが。虎山をこっちに寄越《よこ》してもらえませんか？　デカブツを仕留めたので運び出してほしいんですよ。ヤツならひとりでも大丈夫《だいじょうぶ》でしょう？　お前たちはそこで待っていてください。デカブツは……そうですねえ、後ろにでも転がしておけばいいでしょう。では、お願いしますよ」

通話を終え、輪廻が千切を振り返る。

「今、虎山をこちらへ向かわせました。すぐに来ると思いますので、しばしお待ちを」

「承知しました。手配をありがとうございます」

千切は輪廻に礼を言うと口元に手をやり、少し考える素振りをした。

「すみません、私はもうひと仕事してきます」

「どちらへ？」

「……他の候補地の様子を、見てきます」

「そういえば、リーダーとやらがまだ来ていませんからね。よろしくお願いしますよ」

「ええ。何かあったら連絡《れんらく》します」

背中を向けて歩き出す千切の右腕を、輪廻はじっと見つめる。そこに在ったはずの傷の在りかを、確かめるように。

第四章

屋敷《やしき》の隅《すみ》にある物置代わりの、プレハブ小屋から通じる地下室。ここは輪廻の専用拷問《ごうもん》部屋だ。

先代の頃《ころ》は、しでかした組員の折檻《せっかん》のために使っていたようだが、正太郎に代替《だいが》わりしてからは、一切罰《ばっ》を与《あた》えない方針となった。

そのため輪廻がこの部屋を貰《もら》い受け、組に害を為《な》した人間へ尋問《じんもん》と称《しょう》して拷問を加えるための部屋に、改造したのである。

「……へっ、これも【試練】ってヤツか」

糸で縛《しば》りあげられた田鼈は床《ゆか》に転がされ、不敵に笑う。あれだけ痛め付けられても、平然としているのには感心する。

もっとも、これから死ぬより辛《つら》い地獄《じごく》を味わう羽目になるのだが。

「【試練】ねえ。そんな生易しいものではないと思いますが」

田鼈を見下ろし、輪廻が冷然と微笑む。ここには千切を入れないように命じてある。久しぶりに手心を加えず拷問ができると思うと、胸が高鳴る。

「では、簡単な質問からいきましょうか。あなたが電話で話していた蜈蚣組よりデカいバックとは、【無常】のことですか？」

「そう考えてくれても、構わねえぜ」

「嘘《うそ》ですね。あなたが取り引きしていたヤツらはただの半グレに過ぎない。【無常】からしたら下の下。さらにケツモチがいるはずです」

「……知らねえよ。【無常】のヤツに聞いたらどうだ？」

「今はあなたに聞いているんです。もしや【先生】が関係しているのではないですか？」

田鼈の顎《あご》を持ち上げて囁《ささや》く。田鼈の顔は真っ赤に染まり、輪廻めがけて頭突《ずつ》きを喰らわせようとしてきた。輪廻がそれを素早く避《よ》けると、田鼈は芋虫《いもむし》みたいに体を波打たせて横転する。

「危ないですねえ。床に当たったら額が割れますよ？」

「【先生】は関係ねえ！　俺が勝手に【無常】と手を組んだんだ！」

「おやおや。そうムキにならなくても」

嘲《あざけ》り笑いを浮かべて田鼈を見下ろした。やはり【先生】がなんらかのスイッチのようだ。

「どうしても、お話しいただけませんか？　今なら大サービスで見逃《みのが》して差し上げますが」

「……これも【試練】だ。乗り越《こ》えたら俺は……【ランクアップ】できるんだ」

田鼈がうわごとのようにつぶやく。

「交渉決裂《こうしょうけつれつ》、ですね。ウォーミングアップは終了《しゅうりょう》です。本番とまいりましょう」

輪廻が舌なめずりし、残忍《ざんにん》な笑みを浮かべた。

「だから何度も言ってるだろ！　俺は【圧倒《あっとう》的成長】を遂《と》げて【無常】と手を組んだんだって！」

田鼈は口角泡《あわ》を飛ばして懸命《けんめい》に主張する。輪廻はうんざりした顔で田鼈を見下ろした。

こんなにしつこいのなら、目玉のひとつも潰《つぶ》しておいた方が良かったかもしれない。

この数時間で、何度このやりとりを繰《く》り返しただろうか。苛烈《かれつ》な拷問を加えたというのに、田鼈が口を割る気配は微塵《みじん》も感じられない。

【無常】は、自分が個人的に付き合いがあったから紹介《しょうかい》しただけ。【先生】とは無関係だ」と繰り返すばかりで、埒《らち》が明かないのだ。

どうやら、かなり強い洗脳がかけられているようだ。

セミナーの会場で液晶《えきしょう》モニターを叩《たた》き割った直後に、舎弟や会員たちは正気に戻《もど》ったので、外部から強い衝撃《しょうげき》を与えれば洗脳が解けると踏《ふ》んだのだが。どうやらそれだけでは意味がないようだ。

「てめえみてえな下衆《げす》には分からねえと思うけどよぉ……俺は本気で【先生】に命を捧《ささ》げ

ようと思ってんだ。だから、こんなことしても無駄《むだ》だぞ」

「素晴らしい覚悟《かくご》ですね。【先生】とやらのどこがそんなにいいんです？」

【先生】はこの腐《くさ》った世界を正そうとしてくださっている。俺みてえなはみだしものにも良くしてくれたんだ」

一瞬冗談《いっしゅんじょうだん》を言っているのかと思ったが、どうやらいたって真面目《まじめ》らしい。これは方向転換《てんかん》して、田鼈をいじってみるのも面白いかもしれない。

輪廻は薄笑《うすわら》いを浮《う》かべて、田鼈の前へしゃがみこんだ。

「私も、【先生】に興味が湧《わ》いてきました。【先生】との出会いについて、お話を聞かせてください」

田鼈の顔がパッと輝《かがや》いた。

「へへっ、やっと【先生】の偉大《いだい》さに気づいたようだな」

「ええ、これほどまでにあなたを心酔《しんすい》させる人物がどんな方か、気になりますから」

田鼈は照れくさそうに笑うと、自慢《じまん》げに話し始めた。

「俺がまだケツの青いガキだった頃の話よ。ちょっとやらかして少年院にいたんだけどよお《お》、その時【先生】が外部の指導教官として来たんだ。手がつけられねえって法務教官どもに見放されてた俺に、【先生】は優しく手を差し伸《の》べてくれたんだ」

田鼈が昔を懐《なつ》かしむように、遠くを見つめる。

「俺の親も結構なロクでなしで。そういう話を面談でしたら、【先生】が涙《なみだ》ぐんで俺の頭を撫《な》でてくれだんだ。今まで辛かったね、大変だったねって。そんなこと言ってくれたの、【先生】が初めてだった。そんで俺が出所したら力になるからって、連絡先を教えてくれたんだ」

「それはそれは」

「だから俺は、【先生】の力になりてぇんだ。あの人は今のこの国に必要な人なんだよ。な、てめえにも分かるだろ？」

一ミリも理解できないし、薄《うす》っぺらくて話が右の耳から左の耳へと自動的に流れていく。よくもまあ、ここまで何の感情も呼び覚まさない身の上話が捏造《ねつぞう》できるものだ。

（そういえば——）

荒神に聞いた話を、ふと思い出す。

『【先生】の情報がてんでバラバラなんだわ。会ったことがあるってヤツを片《かた》っ端《ぱし》から当たってみたんだが……性格や職業、見た目の特徴《とくちょう》までぜーんぶ共通点ナシ。こりゃ何人かで【先生】を運営してるのかもしれんね』

輪廻の頭に、ある仮説が浮かぶ。おそらく【先生】はたったひとりしかいない。なのになぜ、彼と会った人間の印象がバラバラなのか。

（もしかして、【先生】は——）

かちり、と足りないピースが頭の中へ出現し、美しく収まる。これは、試してみる価値がある実験だ。

輪廻は唇《くちびる》に笑みを滲《にじ》ませ、田鼈の前へしゃがみこんだ。

「とても感動的なお話で、心に沁《し》みました。私もぜひ、【先生】にお目にかかりたいものです」

「そうだろ？　やっぱり【先生】はスゲーんだよ！」

「ぜひ、その素晴らしい【先生】のお名前を知りたいものです。何とおっしゃるのですか？」

手揉《ても》みして丁寧《ていねい》に尋《たず》ねる。途端《とたん》に、田鼈が戸惑《とまど》って顔を強ばらせた。

「先生の名前は……え？　あれ……？」

「もしかして、分からないのですか？」

「ちょっとまってくれ。ええと……何……だっけ……？　嘘だろ……」

田鼈がうつむき、ブツブツつぶやく。おそらく【先生】の名前は、植え付けられた情報データベースに存在しないのだろう。

輪廻の目がすうっと細められる。洗脳のからくりが、おぼろげながら摑《つか》めてきた。もう少し揺《ゆ》さぶってみたら、何か出て来るかもしれない。

輪廻は顎をくいっと上げて、侮蔑《ぶべつ》の眼差しを田鼈へ向ける。

「名前も思い出せないくらい、軽い存在だったんですね。それとも教えてもらっていないんですか？」

「違《ちが》う！　【先生】は本当に……俺を……」

田鼈の額に脂汗《あぶらあせ》が滲む。小刻みに肩《かた》が震《ふる》え、顔は青黒く染まってゆく。

上書きされた偽《いつわ》りの記憶《きおく》にヒビが入った。もう一押しだ。

「そもそも法務教官ではなく【先生】と面談したのはなぜです？　外部からの指導教官は、雑談の類いも禁じられているそうですが」

「だ、だからそれはっ……【先生】が特別だから……」

「特別……ねえ。連絡先《れんらくさき》を教えてくれたそうですが、出所後【先生】と、どちらでお会いになったんです？　【先生】はどんな姿をしていましたか？　彼の本当の名前は何というのです？」

「やめろ！　やめろぉおおおお！」

田鼈は拘束されたまま、輪廻に向かって芋虫みたいに体をくねらせ這いながら突進する。

輪廻はそれを難なく躱《かわ》し、田鼈の耳元で囁いた。

「――【先生】なんて、本当はいなかったんでしょう？」

「あぁあああああああああああ！」

田鼈の絶叫《ぜっきょう》が、地下室中に轟《とどろ》く。田鼈は横転し、頭を床に打ちつけながら何度も何度も叫《さけ》び声をあげた。

「ふぅうう っ、はあ、はあ、はあ……」

全身汗《あせ》まみれで横たわる田鼈は、呆然《ぼうぜん》として天井《てんじょう》を眺《なが》める。しばらくそうして転がっていたあと、ゆっくりと頭を持ち上げて輪廻を見た。

「お……俺は何を……？　なんで、こんなところに……？」

田鼈を見下ろし、輪廻が呆《あき》れてため息をつく。

「やれやれ、まるで大きな赤ちゃんですね。世話が焼ける」

普段《ふだん》なら「誰《だれ》が赤ちゃんだコラ！」などと突《つ》っかかってくるところだが、今の田鼈にそんな余《よ》裕《ゆう》はないようだ。悪夢から醒《さ》めた後のように戸惑い、落ち着きなく辺りを見回している。

「マジで何だよコレ……俺、さっきまで【先生】と……」

どうやら、【先生】についての記憶はまだ残っているらしい。多少は新しい情報が得られるかもしれない。

輪廻はしゃがみこんで、田鼈の髪《かみ》の毛を引っ摑《つか》んだ。

「ようやく、メインディッシュに入れますね。さあ、あなたの知っていることを全部吐いてもらいましょう」

「うぐっ……！」

田鼈が額を床《ゆか》に打ち付けて倒《たお》れ込んだ。

「……俺が知っているのはここまでだ。本当に……許してくれ……！」

ぜいぜいと肩で息《いき》をし、絞《しぼ》り出すように言う。

洗脳が解けた後も輪廻の容赦《ようしゃ》ない拷問《ごうもん》が続き、さすがの田鼈もすっかり疲労困憊《ひろうこんぱい》したようだ。

肩に掛《か》けたジャケットをぱさりと払《はら》い、輪廻が抑揚《よくよう》のない声で言った。

「そうですね、私も疲《つか》れてきましたし、この辺で終わりにしましょう。最後に【先生】について知っていることを、教えてください」

倒れたまま田鼈が、うう、と呻《うめ》く。

「だから、ぼんやりとしか覚えてねえんだよ」

「セミナーに参加した経験は？」

「一度もない。多分……誰かの紹介《しょうかい》で声をかけられて、セミナーとやらにクスリを流すようになった。あいつらマジで素人《しろうと》だから、体に効くサプリだって言ったら信じて売りさばいてくれたんだ。だからほとんど何もしなくてもシノギが稼《かせ》げて、すげー助かってた」

「それは、【無常】から仕入れたクスリですね？」

「ああ。ドラッグクッキーも、その辺の売人が扱《あつか》ってるヤツより強力だった。セミナーで使うやつはだいぶ薄くしてたけど。それとは別に【最重要タスク】で使うクッキーは結構濃《こ》かったはずだ」

「あなたと戦った時、体から甘い匂《にお》いがしていました。あなた自身もクッキーを食べていたのでは？」

「【無常】のヤツら、在庫管理は雑だったからな。何枚かくすねてもバレなかったから、ときどき抜《ぬ》いて食ってた」

「あのクッキーには身体能力を増強する力があるようですが、ご存じでしたか？」

「話は聞いてた。格闘技《かくとうぎ》の試合前に選手に食わせると、スゲー強くなるって。もともと海外の格闘技カジノで使うつもりだったみたいだ。俺は【能力】のおかげで中和されていたが……並の人間が耐《た》えきれるモンじゃないだろうな」

夜宮と田鼈の様子に差があったのはそういうことか、と合点がいった。哀《あわ》れな一般《いっぱん》人の夜宮は、高濃度《こうのうど》のドラッグクッキーを食べさせられて、獣《けもの》じみた奇行《きこう》に走ったのだろう。

「【無常】と、こっちにも工場を作るって話が持ち上がってて、俺も一緒《いっしょ》にやる予定だったんだ。ちょっとした土地が手に入ってよ。そこでヤクの開発が全部完結するっつう、なかなかデカいヤマだったんだよ。テストできる人間も調達済みだった」

「ああ。蜈蚣組組長からも、似たような話を聞きました。それで、蜈蚣組を抜けた……と。土地と被験者は、あなたが用意されたんですか？」

「……だと思う。山ん中だし、権利とか適当だったんだよ。テストできる人間も……その辺から、集めてきた」

「具体的に教えていただけますか？　できたらその土地の場所なども」

「……覚えてねえ」

「おや、曖昧《あいまい》ですねえ。もしや【先生】がそれに関与《かんよ》されていたのでは？」

「………分かんねえ。もう勘弁《かんべん》してくれ」

田鼈は憔悴《しょうすい》しきった顔でそっぽを向いた。【無常】の情報はこれだけ詳《くわ》しく話せるのに、【先生】のことだけがぼんやりとしていて、輪郭《りんかく》がたどれない。意図的に記憶にロックをかけているのだろうか。となると、これ以上彼から情報は得られないだろう。

「ありがとうございます。もう結構ですよ」

田鼈のこめかみめがけて、力一杯殴《なぐ》りつける。

「ぐぎゃっ！」と潰《つぶ》れたような声を上げ、泡《あわ》を吹《ふ》いて動かなくなった。

「いい汗をかきました。もうあなたは用済みなので、のちほど解放して差し上げますよ」

輪廻が額の汗を手の甲《こう》で拭《ぬぐ》い、爽《さわ》やかに笑う。やはり暴力は健康に良い。

「親父《おやじ》のところへ行く前に、シャワーでも浴びましょうか。汗臭《あせくさ》いのは、マナー違反《いはん》ですからね」

輪廻は足取り軽く、地下室を出た。

シャワーを浴びて正太郎の部屋へ向かうと、千切がすでに待っていた。

「叔父貴《おじき》、もういらしてたんですね」

「ええ。カシラが用事で席を外していると聞いたので、待たせていただきました」

「さっさと終わらせるつもりだったのですが、思いのほか時間がかかってしまいまして。お待たせしてしまい申しわけありません」

輪廻が千切と正太郎へ向けてお辞儀《じぎ》をする。正太郎はゆったりと微笑《ほほえ》み、輪廻へ顔を上げるよう言った。

「問題ないよ。もう話はついたのだろう？」

「ええ。田鼈のやらかしについてはおおよそ把握《はあく》しました。セミナーを通じて会員たちにサプリメントと称《しょう》したドラッグを販売《はんばい》させ、利益を得ていたようです」

輪廻はかいつまんで、田鼈から聞き出したことを二人へ話す。

「【無常】と共謀《きょうぼう》し、ドラッグ精製工場を作る計画を立てているのは、蜈蚣組組長から聞いていましたが——なんでも田鼈が人体実験可能な人間と土地を手に入れ、そこで新しいヤクを開発する予定だったたと。かなり具体的に話が進んでいたようです」

「土地と被験者の入手方法は？」

千切に尋《たず》ねられ、輪廻が肩をすくめた。

「それが、場所も入手方法も覚えていないそうです。【無常】のリーダーを取り逃《のが》したのは痛いですね」

そう、結局あの日、リーダーはどの候補地にも現れなかった。現場にいた人間をとっ捕《つか》まえて、【無常】の幹部たちが逃《に》がしたのかと問《と》い詰《つ》めたが、そんなはずはない、確かに約束をしていたと口をそろえて言うばかりだったのだ。

「私は【先生】が絡《から》んでいるのではないかとにらんでいます」

輪廻がそう言うと、千切の眼差しが、鋭《するど》さを帯びた。

「……【先生】が田鼈に指示を与《あた》えていたと？」

「ええ。彼はかなり、強い洗脳をかけられているようでしたから。【先生】について尋ねると、庇《かば》うような発言ばかりしていました。そういう指示を与えられていたのでしょう」

「では、【先生】については、何も分からなかったんですね？」

わずかに、千切が腰《こし》を浮《う》かせて問いただす。

「ええ。【先生】との出会いを尋ねたら、これがまあ嘘《うそ》っぱちばかりで。【先生】は相手に合わせたストーリーを作り上げ、洗脳によって植え付けていたようです」

「僕の【魅了《みりょう》】とは似て非なる【能力】なんだね」

正太郎が感心したように言う。輪廻はきっぱりと否定した。

「まったくの別ものです。親父の【魅了】は、あなた自身が持つ人間的魅力に上乗せされたもの。【先生】の【洗脳】は、強制的に相手の記憶《きおく》や思考を書き換《か》えてしまう、暴力的な力です」

「かなり、全体像が見えてきたね。アジアンマフィアに、怪《あや》しげなセミナー……ドラッグクッキーから始まったとは思えないくらい、ややこしい話じゃないか」

そう言いながらも、正太郎の顔は笑っている。この状況《じょうきょう》を彼自身も楽しんでいるのだろう。

「しかし、よくぞここまで解明したよ。並大抵《なみたいてい》の人間ではたどり着けなかっただろう。やはりお前たちに頼《たの》んでよかった」

正太郎が微笑み、座卓《ざたく》の上で両手を組んで顎《あご》を乗せた。

「ここまできたら、【先生】とやらをきっちりとシメるべきだろうね。自分の手を汚《よご》さずに、裏社会で生きていけるほど甘くはないと、教えてやらなくては」

「ええ。【洗脳】なんてふざけた方法で人を支配するなど、あってはならない。彼を――必ず止めてみせます」

静かに、けれど力強く千切が宣言する。輪廻に向けている剝《む》き出しの憎悪《ぞうお》とは違《ちが》う、哀《あい》切《せつ》に満ちた眼差し。こんな感情を抱《いだ》かせる【先生】は一体どんな人物なのか。千切が追いかけ続けているものの正体を、自分も見たい。そんな欲求《よっきゅう》に駆《か》られる。

「叔父貴。私もお手伝いしますよ。蜘蛛縫組の……いえ、極道のメンツに懸《か》けて、あの男の正体を暴いてみせます」

「フフフ。侠気《おとこぎ》の見せ所だね。期待しているよ」

正太郎は目を細めて、愉快《ゆかい》そうに笑った。

「田鼈が洗脳されているのではないかと、にらんでいましたが……よくぞ、解除できましたね」

部屋を出た後。庭を眺《なが》めながら、千切が言った。田鼈が差し向けたゴロツキどもによって無惨《むざん》に荒《あ》らされた傷痕《きずあと》は、まだ癒《い》えてはいない。若衆たちが時間を見つけては復旧に励《はげ》んでいるが、かつての美しさを取り戻《もど》すには、まだ時間がかかりそうだ。

「クフッ、ちょっとした実験をしましてね。もしやと思ったのですが、大当たりでしたよ」

「何をなさったんです？」

「たいして難しくはありません。田鼈の話を真面目《まじめ》に聞いてやり、疑問点をぶつけただけです。そうしたら、あっという間に崩壊《ほうかい》しましたよ」

輪廻が柱に手をやり、熟れすぎた柿《かき》のような色に染まった空を見上げる。もう少しで、完全に日が暮れてしまうのだろう。

「【先生】の洗脳は関係性に依存《いぞん》している。セミナーで会員たちの洗脳が簡単に解けたのは、彼らと【先生】の繋《つな》がりが薄《うす》いから。田鼈はヤクの密売に関わっているぶん、多少は親しかったのでしょう。少々時間がかかりましたが、重大な弱点を見つけました」

「……何でしょうか」

「【先生】は、洗脳をかける相手に対して、本当の自分の情報を徹底的《てってい》に秘匿《ひとく》する。住んでいる場所、連絡先《れんらく》、名前。容姿、交わした会話の内容。そういったものを【洗脳】により覆《おお》い隠《かく》す。大変慎重《しんちょう》な方のようですね」

輪廻の話を、千切は興味深げに聞いている。

「なるほど。だから誰《だれ》も彼のことを知らないんですね」

「ええ。ですがあなたは、彼をご存じなのでは？」

千切が、ゆっくりと輪廻を振《ふ》り返った。

「なぜ、そう思うのです？」

「シックスセンスというヤツでしょうか？　あなたの【先生】への執着《しゅうちゃく》は度を越《こ》している。田鼈と【無常】の密会の際にサッ顔負けの大捕《おおと》り物《もの》を繰《く》り広げたのも、【先生】を追い詰めるためなのでしょう？」

「……素晴らしい想像力です。カシラこそ、小説家になるべきですね」

「クフッ、お褒《ほ》めにあずかり恐縮《きょうしゅく》です。ですが、私も彼に興味が湧《わ》いてきました。ここまでコケにされたのは、極道生活で初めてですから」

「さっき、カシラは私を手伝うとおっしゃってくださいましたが……ここから先は、私ひとりで行動したいと思っています」

「おや、どうしてですか？」

「彼は、一筋縄《ひとすじなわ》ではいかない相手ですよ。メンツなんて懸けないほうがいい」

すっ、と千切が視線を松の木へ戻し、歩き始める。まるで輪廻から距離《きょり》を取ろうとするように。

「クフッ、ご心配には及《およ》びませんよ。伊達《だて》にヤクザなんてやっていませんから」

「私はことを荒立《あらだ》てたくありません。できるだけ穏便《おんびん》に、この事件を解決したい」

逃すまいと、輪廻が千切のあとをついていく。

「そう言われると、ますますひと噛《か》みしたくなりますねえ。ねえ叔父貴、私を殺したくありませんか？」

千切はぴたりと歩みを止めた。

「どういう、意味でしょう？」

「おや、ずっとあなたは、私に殺意を向けていたではありませんか。気づいていないとでも思っていましたか？」

「…………」

千切は口元に手を当てて、黙《だま》り込んだ。

「……あなたは、覚えていないんですか？」

「何をですか？」

「……いえ。それならいいんです。カシラ。あなたと手を組む前に、約束してほしいことがあります」

「可能な範囲《はんい》なら」

「一般人《いっぱん》には、絶対に危害を加えないでください」

千切は真剣《しんけん》な顔で言った。

何を言い出すかと思えば、またそれか。約束は破るためにあると常日ごろ輪廻は考えているのだが、たまには義理を果たすのも悪くないだろう。

「クフッ、心がけます。では叔父貴《おじき》。ふたりで力を合わせて、【先生】のタマを取りましょう」

「……私は、彼の命を取るつもりはありませんよ？」

「ああ、これは失礼。では言い直しましょう。【先生】を追い詰め、真実を暴く。これではいかがです？」

「良いと、思います」

沈《しず》みかける夕日を浴びて、輪廻と千切の顔が赤く染まる。まるで返り血を浴びたように。

「これから私たちは、一蓮托生《いちれんたくしょう》というわけですね。地獄《じごく》の底まで、お供しますよ」

「……よろしくお願いします」

千切が、かすかに微笑《ほほえ》む。そうしてふたりはしばらく、庭を並んで眺めていた。

——輪廻が彼を見たのは、それが最後となった。


「ねえ、常影ちゃんはまだ見つからないの？」

「申しわけありません、姐《あね》さん。ほうぼう手を尽《つ》くしているのですが」

紬に尋《たず》ねられ、若頭補佐《ほさ》の鎌切が深々と頭を下げた。

「心配だわ。あの子、ちょっとぼーっとしてるところがあったから」

紬が頬《ほお》に手を当てて目を伏《ふ》せる。紬は千切を可愛がっていたから、ことのほか気にかかるのだろう。

——千切がいなくなってから、一週間ほど経った。これまで使っていた携帯電話《けいたいでんわ》の番号は不通になり、住んでいたマンションも、もぬけの殻《から》。もとより他の幹部と馴《な》れ合わず、プライベートの人間関係も一切不明。誰も千切の素性を把握《はあく》していないとあっては、八方塞《はっぽうふさ》がりな状態だった。

先代の頃《ころ》から世話になった組を、相談役が挨拶《あいさつ》もなしに出て行くなど言語道断。他の組に知られたらいい笑いものだ。

噂《うわさ》が出回る前にどうにか手がかりを摑《つか》もうと、組員総出で千切を捜《さが》しているというわけであるというわけ
「カシラ。荒神さんに調べてもらいましょうよ。あの人なら、何か分かるかも」

兎田に言われ、輪廻がため息をついた。

「それなら、とっくの昔に聞いてますよ。蜘蛛縫組に来る前の情報が、ほとんど見つからないそうです。子どもの頃に母親をなくして以来、天涯孤独《てんがいこどく》だとか」

ふむ、と正太郎が天井《てんじょう》を見上げる。

「まぁ、千切にも何か訳があるんだろう。しばらく放っておいたら、ひょっこり戻ってくるかもしれないよ」

「諦《あきら》める……んですか？」

鎌切がおずおずと尋ねる。正太郎は座卓に頰杖《ほおづえ》をつき、少年のように笑った。

「伝書鳩《でんしょばと》だってちゃんと巣へ戻ってくるんだから、心配ないと思うけどね」

幹部たちは色めき立って、正太郎へ反論する。

「でもっ……もしかしたら叔父貴は、どっかの組のスパイかもしれないんですよ!?」

「そうだ、俺も前から怪《あや》しいと思ってたんス！」

「また、どっかの組に襲撃《しゅうげき》されたらどうするんですか！」

「【無常】と田鼈の密会を張り込みした時だって、何か他に目的があったんじゃないですか⁉」

（日ごろの行いが、モロに出ましたねえ）

口角泡《あわ》を飛ばして言いつのる幹部たちを、輪廻は苦笑交じりに眺《なが》めた。やはり組織内での人間関係というのは重要なのだと、こういう時に痛感させられる。

「そうせっつくものじゃないよ。何も、調べないなんて言ってないじゃないか。ねえ、輪廻？」

同意を求めるように、正太郎が輪廻へ笑いかける。輪廻は大きくうなずいた。

「クフッ、私としても組のメンツは大事だと思っていますからねえ。責任を持って、叔父貴を捜させていただきますよ」

「……カシラが、そう言うなら……」

輪廻が捜索《そうさく》を引き受けたことで、幹部たちは一応納得してくれたらしい。まったく、世話が焼ける。

「それで親父《おやじ》、もしヤツが本当に組を裏切っていたとしたら……どうしますか？」

鷲川がぎらりと目を光らせた。よほど千切は信用されていないようだ。

そんな問いかけに、正太郎はあっさりと答える。

「簡単な話だよ。もしそうなったら、蜥蜴《とかげ》の尻尾《しっぽ》を切ればいい」

「……何の話ですか？」

幹部たちはキョトンとしていたが、輪廻だけには分かっていた。

『犬を飼うなら、もっと毛並みが良いのがいるでしょう』

『そうかもしれないね。でもどちらかというとあれはね、蜥蜴なんだよ』

『蜥蜴……？』

『海外では幸福をもたらす使者として崇《あが》められている地域もあるそうだよ。飼っていたら何かいいことがあるかもしれないね』

（──あの時の話をしているんですよね？　親父）

おそらく、輪廻にだけは伝わると、信じてくれているのだろう。

自分への信頼《しんらい》の重さに、ゾクゾクと背筋が震《ふる》える。

「親父。この糸廻輪廻、必ずや叔父貴の首根っこを掴んで、親父の前へ連れて行きます」

「ああ、楽しみにしているよ」

正太郎は愉快《ゆかい》そうに目を細めた。

「やっぱり、俺は前から怪しいと思ってたんですよ！」

万亀川がカセットコンロの上でぐつぐつと煮《に》えている鍋《なべ》の中から、しらたきとネギをお玉ですくいあげてお椀《わん》の中へ入れる。さらに最高級の松阪牛《まつさかうし》を美しく添《そ》えて、輪廻へと差し出した。

千切が消息を絶ってからというもの、輪廻は休む間もなく捜索《そうさく》を続けている。そんな輪廻を気遣《きづか》って、舎弟たちがすき焼きパーティーを開催《かいさい》してくれたのであった。

「カシラを使って、田鼈から情報を引き出しやがったんですよ。自分で何一つ手を汚《よご》さずに……やり口が卑怯《ひきょう》です」

炊飯《すいはん》器から炊《た》きたてご飯をてんこ盛りによそいながら、蛇ノ目も同調する。

「カシラは、腹が立たないんですか？」

「そうですねえ……いつかこんな日が来ると、思っていましたよ」

輪廻は卵を箸《はし》でチャカチャカと溶《と》き、肉を浸《ひた》して口へ放り込んだ。

――最後に、千切と話した時。

『さっき、カシラは私を手伝うとおっしゃってくださいましたが……ここから先は、私ひとりで行動したいと思っています』

『おや、どうしてですか？』

『彼は、一筋縄《ひとすじなわ》ではいかない相手ですよ。メンツなんて懸《か》けないほうがいい』

千切は初めから、ひとりで【先生】のところへ行くつもりだったのだろう。裏切られたなんて感傷に浸るつもりはない。そもそも輪廻とて、千切を心から信頼していたわけではないのだから。

とはいえ、このままなし崩《くず》し的に組から姿を消されるのは、気に食わない。

正太郎と約束した手前、千切を見つけ出さなくてはならない。でもそんなのは建て前だ。

（……まだあなたは、私を殺していないじゃないですか）

よく煮えた肉の脂《あぶら》が、口腔《こうこう》内の熱でどろりと溶ける。銃口《じゅうこう》を突《つ》きつけられた時に感じた、怖気《おぞけ》立つような愉悦《ゆえつ》。それを与《あた》えてくれるのは、ただひとりだけだ。

この感情をどう定義すれば良いのか、輪廻には分からない。定義する必要もない。命尽きるその日まで、千切を追い続ける。それだけだ。

「……あの、そういえば俺、叔父貴《おじき》の件で思いだしたんですけど」

蛇ノ目が箸を置いて、気まずそうに言う。

「叔父貴がいなくなるちょっと前に、喫茶店《きっさてん》で誰《だれ》かと話してるとこ見かけたんです。何話してるか気になって、中に入ってこっそり話聞いてたんスけど……なんか、山登りに行くって言ってました」

「もしかして、遭難《そうなん》してるとか……？」

万亀川が首を傾《かし》げる。言葉通りとはとても思えないが、何らかの暗喩《あんゆ》だろうか？　などと考えつつ、蛇ノ目に尋ねる。

「……他に何か、話していませんでしたか？」

「うーん、狐《きつね》は毒を持ってるから気を付けろとか……あとはなんか、英語？　なんスかね。よく分かんなかったです」

「そうですね、多分遭難したんだと思います」

「やっぱり……！　素人《しろうと》は、山登りなんかしちゃだめなんですよ！」

万亀川が叫《さけ》び、虎山もうなずく。つくづく素直な舎弟たちだ。輪廻は箸を指揮棒のように振《ふ》ると、やけに明るく言った。

「遭難者の救出は、時間との戦いです。ですから、私たちで叔父貴を捜しに行きませんか？」

「えっ、山に⁉　どうやって？」

「登山道具とか持ってないんですけど！」

「クマが出たらどうするんですか⁉」

舎弟たちが口々に問いただす。輪廻はスマホをかざし、にっこりと笑った。

「それは、これから叔父貴のお友だちへ聞いてみましょう」

――降りしきる雨が、紅く染まった地面を洗い流していく。

「誰か、救急車！」

「発砲《はっぽう》事件だ！　警察も呼ばないと！」

野次馬が、倒《たお》れている母親とすがりつく少年を取り囲む。好奇《こうき》と同情がない交ぜになった視線が突き刺《さ》さるが、そんなモノに構っていられない。

「お母さん！　目を開けてよ！　ねえっ！」

少年が、硬《かた》く冷たい母親の体をゆすりつづける。

こんなのは嘘《うそ》だ。悪い夢だ。

さっきまで一緒《いっしょ》に手を繋《つな》いで歩いていたのに。

帰ったらおやつにホットケーキを食べようねと、笑ってくれていたのに。

「嫌《いや》だよ……起きてよお母さん……ぼくをひとりにしないで……っ……っく……」

母親の胸に突っ伏《ぶ》し、すすり泣く。

「キミ、どうしたの？」

柔《やわ》らかく、優しい声が空から降ってきた。

少年が顔を上げると、スーツを着た男が傘《かさ》を少年に向けて差しかけていた。取り巻いていた野次馬は、いつの間にか消えている。

「お母さんが……起きてくれないんだ……。一緒に歩いてたら、ドンッて音がして、いきなり、たおれて」

男がしゃがんで、少年の母親をじっと見つめる。

「……お母さんは、悪い奴《やつ》に殺されてしまったんだね」

「どうして分かるの？」

男が、母親の死体を指さした。

「鉄砲《てっぽう》の弾《たま》で、撃《う》たれた痕《あと》がある。悪い奴らの戦いに、巻き込まれてしまったんだね」

「そんな……お母さんは何も悪いことしてないのに……ひどいよ……！」

ぼろぼろと涙《なみだ》がこぼれる。どうしようもなく悔《くや》しくて、腹立たしくて。でも幼い少年には、自分の無力さを嘆《なげ》いて這《は》いつくばることしかできない。

「キミ、泣かないで。お母さんを殺した奴は必ずおじさんが捕《つか》まえてみせるから」

「おじさん、誰？」

「うーん、悪いことを許せないヒーロー……を目指してるところかな」

男はおどけた声で言ったあと、急に真面目《まじめ》な顔つきになる。

「でも、分かってることがひとつあるんだ。お母さんを殺したのは、悪いヤクザだよ。お母さんは蜘蛛縫組っていうヤクザの争いに巻き込まれたんだ」

「蜘蛛縫組……」

少年は口の中で、その名前を何度もつぶやく。絶対に忘れないように。

「ぼくも、お母さんを殺した奴を捜したい。そして、そいつを同じ目に遭《あ》わせてやりたい」

「子どものキミにはまだ無理だよ。でも、もし大人になってもその心を持ち続けているなら、ここへおいで」

男は少年に名刺《めいし》を差し出し、去って行った。少年は名刺をじっと見つめる。

「……ぼくは絶対、許さない。蜘蛛縫組を……お母さんを殺したヤクザを……！」


「――ッ！」

脳髄《のうずい》をぎゅっと握《にぎ》りしめられるような感覚と共に、千切は飛び起きた。

ダッシュボードへ置いたスマホを見ると、まだ夜が明けるかどうかといった時間帯だ。

（……また、あの夢か）

何気なく首筋に触《ふ》れるとびっしょりと汗《あせ》をかいている。いつものことながら不愉快《ふゆかい》だ。

もう忘れようと思っているのに、記憶《きおく》というのは案外残るものらしい。特にここ最近はよく夢を見るようになっていた。

（……ここへ、来たせいか？）

数メートル先にある建物を見る。山に囲まれた校舎は、闇《やみ》に包まれ静かに建っていた。

蜘蛛縫組を出奔《しゅっぽん》して、数日。

まず千切は、【無常】のリーダーのもとを訪れた。

田鼈との密会の際に、リーダーへ極秘にコンタクトを取り、蜘蛛縫組が張り込んでいることを明かしてわざと会合へ遅《おく》れるよう指示した。その見返りとして、捜査《そうさ》への協力を約束させたのだ。

リーダーからドラッグ精製工場の建設予定地を聞き出したあと、車を飛ばしてここまでやってきた。

（……ようやく、たどり着いた）

先代の頃《ころ》から蜘蛛縫組に潜伏《せんぷく》して数年。糸口すらも摑《つか》めなかった【彼】の手がかりがここへきて一気に集まってきた。

それもこれも、あのおかしな若頭――糸廻輪廻のおかげだ。

ただの頭がイカれたヤクザかと思いきや、なかなかの切れ者だ。

彼がいなければ、とても田鼈や【無常】に迫ることはできなかっただろう。

『そう言われると、ますますひと嚙《か》みしたくなりますねえ。ねえ叔父貴、私を殺したくありませんか？』

『どういう、意味でしょう？』

『おや、ずっとあなたは、私に殺意を向けていたではありませんか。気づいていないとでも思っていましたか？』

夕焼けの中、薄気味《うすきみ》悪《わる》い笑みを浮《う》かべる輪廻の顔を思い出す。自らあんなことを言い出すとは、イカれた男だ。

（……いつか俺は、あいつを殺すんだろうか）

胸に刻まれた憎《にく》しみは消えない。だが、輪廻と過ごしたこの数ヶ月で、彼への感情が変わりつつある。ずっと、輪廻をこの手で絶命させることを夢見ていたのに。今は彼の命を奪《うば》う自分が、想像できなくなっている。

（殺して喜ばれては、復讐《ふくしゅう》にならないしな）

狭《せま》い車の天井《てんじょう》を眺《なが》めながら考える。だったら生かして苦しめるべきなのか。だがあの男は苦痛を与えれば与えるほど、歓喜《かんき》にわななきそうな気がする。

（……バカバカしい）

どうして、こんなことを考えているんだろう。数日間にわたる車中生活で、疲《つか》れているせいかもしれない。

ヴーッ、ヴーッ。

ダッシュボードのスマホが小刻みに震《ふる》える。電話を取ると、聞き慣れた相棒の声が耳に飛びこんできた。

『Tだ。そっちの様子はどうだ？』

「……特に動きはない。【会員】が校庭で体操をしたり、菜園に水を遣《や》ったりしている程度だ。やはり中へ突入《とつにゅう》しないことには、埒《らち》が明かない」

『……そうだな。だが、深入りはするなよ。相手が相手だからな。危険を感じたらすぐに退却《たいきゃく》しろ』

「心得ている。また連絡《れんらく》する」

電話を切り、シートに体を預けて天井を仰《あお》ぐ。

――警視庁、特殊《とくしゅ》能力対策課捜査官《そうさかん》。それが千切常影に与《あた》えられた真の役職だ。

千切は【セミナー】の内部で洗脳とドラッグ密売が行われている事実を掴み、数年にわたって捜査を続けてきたのである。

（……俺の手で、終わらせる）

あの人は自分の恩師であり、父親代わりのような存在だった。

『キミを見ていると、子どもの頃の自分を思い出すんだよ』

彼も、幼い頃に父親をなくし、女手ひとつで育てられたと話してくれた。

経済的にも苦労し、母親を助けるためにずっとアルバイトをしていた。大学へは、奨学《しょうがく》金《きん》を得てようやく進学できたのだそうだ。自分のような思いを子どもたちにはさせたくないと、給料のほとんどを児童養護施設《しせつ》や支援《しえん》団体への寄付につぎ込んでいた。

お人好しが過ぎると忠告したこともあったけれど、彼は『趣味《しゅみ》みたいなもんだから』と笑っていて呆《あき》れたものだ。でも、そんな彼を尊敬していた。

けれど、あの時の彼はもういない。

今いるのは偽《いつわ》りの正義に囚《とら》われ、欲望《よくぼう》の塊《かたまり》と化したモンスターだ。彼を仕留められるのは自分だけなのだ。

(……心を、しっかりと持て)

『千切くんは、本当に優しい子だね』

温かく優しい声が、耳元へ響《ひび》く。叶《かな》うならずっと、その声を聞いていたかった。何も考えず、手足として動けたらどんなに良かったか。

(でも……もうそれはできない)

少し眠《ねむ》ろうと目を瞑《つぶ》ると、コンコンと窓を軽く叩《たた》く音がした。

「……？」

目を開けて窓を見る。千切は目を疑った。

そこには【彼】が——いたのである。

『ちょっと、話をさせて』

口だけ動かして【彼】が言う。千切がサイドウィンドウを半分だけ開けると、【彼】が人なつこそうな笑みを浮かべた。

「こんばんは。キミがなかなか来てくれないから、こっちから来ちゃった」

「……警視……」

「その肩書きで呼ばれるの、久しぶりだよね。キミはまだ、あの部署にいるの？」

「ええ、おかげさまで」

これは夢なのだろうか？　笑うと目尻《めじり》にできる小さな皺《しわ》。色素が薄《うす》い、柔《やわ》らかそうな髪《かみ》。どんな時でもぴしっとアイロンをかけた、オーダーメイドのスーツ。軽やかでおどけた仕草。目の前に居る【彼】は少し老けたが、あの時の優しい笑顔のままだ。

――いや、むしろこれは、夢から醒《さ》めたと考えるべきなのだろう。甘く優しく、泥沼《どろぬま》のような夢から現実へと引き戻《もど》すために【彼】は来てくれたのだから。

「千切くん、ずっとここで寝《ね》てるから心配になっちゃって。長期の車中泊《しやちゆうはく》は体に悪いよ？」

「ご心配には及《およ》びませんよ。慣れていますから」

「根を詰《つ》めすぎるのは良くないと思うなあ。ねえ、中でちょっと話さない？　積もる話もあるしさ」

【彼】は無邪気《むじやき》な笑みを浮かべて、千切の返事を待っている。

どうやって【彼】の居所を突《つ》き止めようかと考えていたところだったから、あちらから来てくれたのは好都合だ。

『深入りはするなよ。相手が相手だからな』

　相棒の声が、脳裏をよぎる。

（……そんなのは嫌《いや》になるほど、知っている）

「ありがとうございます。お邪魔《じゃま》します」

　千切は車のドアを開けると、外へ出た。


【彼】と並んで廊下《ろうか》をゆっくりと歩く。ランタンを模したライトを掲《かか》げ、【彼】は窓の外を照らして見せた。

「いいところだろう？　自然が豊かで、広々としている。こんなところを放っておくなんてもったいないよ」

「……そうですね」

「最近は少子化で、こういった廃校《はいこう》が増えているんだって。由々しき事態だよ。だから僕はここを買い取って、有効活用するつもりなんだ。たとえば、ビジネスなんかにね」

「……どのようなビジネスですか？」

　口が渇《かわ》いて、喉《のど》がひりつく。こんなに得意げに話すなんて。【彼】は自分のやっていることが分かっているのだろうか？

「製造業かな。今、僕のやっているビジネスの拠点《きょてん》が海外にあるんだけど、やっぱり国内回帰したくってね。これだけ広ければ、工場も作れそうだろう？　そうだ。ウチ、最近コーヒーの卸《おろし》も始めてさ。なかなかいい銘柄《めいがら》そろってるんだよ。あとでキミにも飲ませてあげる」

「【会員】の方を騙《だま》して大量に買わせているコーヒーを、ですか？」

【彼】は、口元に穏《おだ》やかな笑みを貼《は》り付けた。

「人聞きが悪いなあ。それじゃあまるで、僕が犯罪者みたいじゃないか」

「いいえ、あなたは犯罪者です。美辞麗句《びじれいく》を並べ立てて人の心につけこみ、監禁《かんきん》同然にこんな場所へ押し込めて。あまつさえ、ドラッグの密売などという犯罪の片棒を担がせている」

【彼】は視線を空へ向けたまま、黙《だま》って千切の話を聞いている。まるで意識がここにないかのようだ。

「今ならまだ間に合う、自首してください」

ホルスターから蔦《つた》の刻印が施《ほどこ》された銃《じゅう》を密かに抜《ぬ》きとり、お守りのように握《にぎ》りしめる。

公安の刑事《けいじ》になった頃《ころ》からずっと共にある、大切な相棒だ。

もし、【彼】が拒絶《きょぜつ》したら――ためらいなくこの銃を向けよう。

そう心に決めて、返事を待つ。

【彼】はうーんと考え込んだあと、小首を傾《かし》げて千切を見た。

「そういえば、蜘蛛縫組はどうなの？」

だしぬけに言われ、千切は面食らった。

「……俺の話とは、関係ないでしょう」

「あるよ。だってキミが蜘蛛縫組に入りたいって言ったのを許可したのは、僕だもん。ねえ、どうなった？　ちゃんと、あいつを殺せたの？」

無邪気な笑みを浮《う》かべて【彼】が千切の顔をのぞき込む。

「……それは……っ」

カタカタと体が震える。薄ら寒《さむ》いのは、冷え切った校舎のせいではない。そうだ。自分の真の目的は――

「キミのお母さんを殺した張本人、なんでしょ？」

【彼】が手を伸《の》ばし、千切の肩《かた》に手を置いた。手のひらの体温が、じっとりと肌《はだ》へ染み込んでいく。

【彼】は千切の瞳《ひとみ》をじっと見つめた。

「キミが今為《な》すべきコトは、何？」

「俺、は」

「……そのために、生きてきたんでしょ？」

鳶色《とびいろ》の瞳が、千切を捉《とら》える。

自分を抱《だ》きかかえて倒《たお》れる母親の姿。

アスファルトに染みこむ、おびただしい血液。

突き刺《さ》さる、野次馬の無遠慮《ぶえんりょ》な視線。

母の背中に残された——弾痕《だんこん》。

そんな光景がフラッシュバックし、千切の頬《ほお》を大粒《おおつぶ》の涙《なみだ》が伝った。

「あ……あ……おかあ、さん……。そうだ、ぼくはお母さんを殺した……あいつを……」

「そうだよ、やっと思い出してくれた？　キミの【最重要タスク】だよ」

「……はい」

【彼】が耳もとで囁《ささや》くと、千切が黙ってうなずく。

「さあ、一緒《いっしょ》に行こう。大丈夫《だいじょうぶ》。きっともうすぐ、【タスク】は達成できるよ」

千切の手から力が抜け——握りしめていた銃が滑《すべ》り落ちた。


「ああ、やはり内装がクラシックで素敵ですねえ。通るたびに、一度ここへ入ってみたいと憧《あこが》れていたものです」

『カフェ・バクノユメ』。創業五十年を超《こ》えるこの老舗喫茶店《しにせきっさてん》は二階建てで、美しい螺旋《らせん》階段がトレードマークだ。

その階段のすぐそばの席に陣取《じんど》り、輪廻は名物のチョコレートパフェをほおばっていた。

「いいお店ですねえ。メニューも実に私好みです。このチョコレートパフェがまた、コーヒーと良く合う！」

「カシラ、こんなことしてる場合なんですか……？」

隣《となり》に座っている万亀川がチラチラと辺りの様子をうかがいながら、おずおずと尋《たず》ねる。

「叔父貴《おじき》ばかり遊んでいて腹が立ちませんか？　たまには私も羽を伸ばしたいですよ」

輪廻は頬を膨《ふく》らませて、クリームをスプーンですくった。

『遭難《そうなん》者の救出は、時間との戦いです。ですから、私たちで叔父貴を捜しに行きませんか？』

なんて提案をされて、ついてきてみれば。

肝心《かんじん》の輪廻は喫茶店で呑気《のんき》にチョコレートパフェを食べ始めたのだから、舎弟たちにしてみれば、わけが分からないのは当然だろう。

だが、彼らは輪廻がどんな理不尽《りふじん》な行動を取ろうとも、従うのみだ。なぜならそれが、舎弟という生きものなのだから。

「……叔父貴、本当に山で遭難したんスかね？」

虎山が、クリームソーダのバニラアイスをスプーンで突《つっ》きながら尋ねる。

「さあねえ。それを確かめるために、今調査を進めているところです」

アイスティーをすすっていた蛇ノ目が、ハッと顔を上げた。

「あ！　今、叔父貴と話してた男が、こっちに来ます！」

角刈《かくが》りの男が店へ入り、人を探しているかのように見回す。すると輪廻が立ち上がり、軽く手を上げた。

「鷹山《たかやま》さん、こちらです」

「えっ⁉」

蛇ノ目がすっとんきょうな声を上げた。

「なんでカシラが、コイツのこと知ってるんですか⁉」

「クフフッ、実は私には読心能力があるんですよ」

輪廻がニヤニヤと含《ふく》み笑いをする。鷹山は輪廻の前へ座り、注文を取りに来た店員へホットコーヒーを注文した。

「よく、俺が分かったな」

「クフッ、一方的にお見かけしたことがありまして。確かあの時は、髪型《かみがた》が違《ちが》っていて――」

「……もういい、よく分かった」

鷹山が手で制すると、輪廻が意味ありげに口元を歪《ゆが》める。リアルセミナーの時、変装した千切と一緒にいた、ツイストパーマの男。鷹山の姿を見た瞬間《しゅんかん》、輪廻は男の正体を瞬時《しゅんじ》に把握《はあく》したのだった。

「あなたは体格が特徴《とくちょう》的ですからねえ。変装には向いていませんよ」

「次からは、ダイエットでもして削《けず》っておくよ。それにしても、まさかアンタから連絡《れんらく》があるなんて思ってなかったよ。蜘蛛縫組若頭、糸廻輪廻さん」

「おや、こちらから自己紹介《しょうかい》しようと思っていたのに」

鷹山は椅子《いす》の背もたれに背中をあずけて、足を組む。

「アンタの情報は全て把握済みだ。若くして蜘蛛縫組の若頭へのし上がり、組長からの信《しん》頼《らい》も厚く、若衆からも慕《した》われている。ただし、その本性は残虐《ざんぎゃく》非道。一般《いっぱん》人にも容赦《ようしゃ》しない悪辣《あくらつ》なヤクザ——こんなところか？」

輪廻がパチパチと力一杯《ちからいっぱい》手を叩《たた》く。

「素晴らしい！　完璧《かんぺき》ですよ。ですが一点だけ、付け加えてほしい点があります」

「何だ？」

「大変可愛らしい編みぐるみを作るのが得意、と。とても大事なことなので必ずお願いしますよ」

真面目《まじめ》くさった顔で念押しする輪廻に、鷹山は虚《きょ》を衝《つ》かれたのかぽかんとしている。輪廻はパフェのスプーンを手に取り、くるくると回しながら言った。

「では、本題に入りましょう。叔父貴——千切常影が行方《ゆくえ》不明になっていることはご存じですか？」

「……数日前から、まったく連絡がつかなくなった」

「こちらとしても手を尽《つ》くして捜索《そうさく》してるんですが、まったく手がかりが得られません。お友だちのあなたにぜひ協力を仰《あお》ぎたいのです」

輪廻は胸に手を当て、沈痛《ちんつう》な面持ちで言った。

「叔父貴がいなくなってからというもの、親父《おやじ》が体調を崩《くず》して寝込《ねこ》んでしまったんです。親父は叔父貴を大変可愛がっていましたから。ただでさえ体が弱いのに、このまま臥《ふ》せってしまったら……」

「親父、ピンピンしてま……んぐっ！」

ぽろっとこぼした万亀川の口を、蛇ノ目と虎山が両脇《りょうわき》からガバッと塞《ふさ》ぐ。

「カシラが大事な話してんだ！　静かにしてろ」

口を塞がれてジタバタしている万亀川をよそに、輪廻は続ける。

「争いが絶えなかった蜘蛛縫組を平和にしてくれたのは、叔父貴なんです。叔父貴はいつもひだまりのような優しい笑顔で、私たちを受け止めてくれました。叔父貴は蜘蛛縫組全員の心の支え……なくてはならない存在なんです。叔父貴を失ってしまったら、私たちはどうやって生きていけばいいのか……」

輪廻はここぞとばかりに悲しみを瞳《ひとみ》にたたえて涙を滲《にじ》ませている。やけに湿《しめ》っぽい空気になったのを察知し、鷹山は戸惑《とまど》い気味だ。

「はあ……」

「私にとっても叔父貴は大切な兄貴分、家族同然……いえ、それ以上の存在です」

輪廻が突如《とつじょ》席を立ち、床《ゆか》に正座する。そして頭を床に擦《こす》りつけ、大きな声で叫《さけ》んだ。

「お願いします、どうか叔父貴を助けてください！」

「ちょ、ちょっと待て、何してんだ」

予想外の行動に、鷹山が狼狽《うろた》える。援護《えんご》射撃《しゃげき》とばかりに、舎弟たちも飛び跳《は》ねるように席を立ち、輪廻の隣で土下座を始めた。

「自分からもお願いします！」

「叔父貴を助けてください！」

「お願いしゃす！　しゃす！」

四人そろっての「お願いします」の大合唱が店中に響《ひび》き渡《わた》る。周りの席に座っている客たちの視線が、輪廻と鷹山へ集まった。

「え、なにあれ」

「ドラマの撮影《さつえい》？」

「なんか、ヤクザがどうとか言ってなかった……？」

鷹山が横目で辺りの様子をうかがい、輪廻を手で制す。

「やめてくれ。人に見られたら困る」

「協力してくれるまでここから動きません！」

「いや、だから……」

「何でもします。靴《くつ》を舐《な》めろというなら舐めます。だからどうか、どうか……！」

目に涙《なみだ》をいっぱいにためて、輪廻が情感たっぷりに訴《うった》える。根負けしたのか、鷹山は眉《み》間《けん》を揉《も》んで深いため息を吐《つ》いた。

「……分かった。ここじゃなんだから。ちょっと場所を変えよう」

「ありがとうございます！」

輪廻が鷹山の脛《すね》へすがりつく。

「もういいから。さっさと行くぞ」

鷹山がテーブルに置かれた伝票を取り、鬱陶《うっとう》しそうに立ち上がった。

店を出て、鷹山と共に駐車場《ちゅうしゃじょう》へと向かう。

鷹山は駐《と》めてあった白いミニバンの前で立ち止まった。

「これが俺の車だ。乗れ」

輪廻に助手席へ乗るよう促《うなが》し、自分は運転席へと乗り込む。舎弟たちは自動的に後部座席へ順番に座った。

「なかなかいい車に乗ってらっしゃるんですね」

「別に、普通《ふつう》の車だろ」

「そうだ。先ほどは私どものお願いを聞いてくださって、ありがとうございます。やはりあなたは優しいお方ですね」

「……アンタ、かなり性格悪いな。感心したぞ」

言われて、輪廻が照れくさそうに笑う。

「お褒《ほ》めにあずかり、恐悦至極《きょうえつしごく》です」

鷹山が、褒めてねぇよという顔で輪廻を見た。

「まぁ、こっちが譲歩《じょうほ》せざるを得ないように追い込むのは、ヤクザの常套手段《じょうとうしゅだん》だが。カタギにも、あんな風に脅迫《きょうはく》して落としてるのか？」

「とんでもない。カタギには手を出すなと、親父に厳しく言われていますから。あなた方警察が思うほど、アコギな真似《まね》はしていませんよ」

チッ、と鷹山が舌打ちする。

「……やっぱり、調べていやがったか」

「ええ。警視庁特殊《とくしゅ》能力対策課、鷹山秋声《たかやましゅうせい》さん——ですよね？」

鷹山は眉《まゆ》ひとつ動かさなかったが、取り巻く空気が硬《かた》く張り詰《つ》めたのを輪廻は見逃《みのが》さなかった。

輪廻は肩《かた》を落としてうつむき、弱々しい声を絞《しぼ》り出す。

「本当は探偵《たんてい》の真似ごとなどしたくないのですが……それほどまでに、私たちも必死なんです」

「病弱な親父さんのために、血眼になってアイツを捜してるんだろ？　さっき耳にタコができるくらい聞かされた」

鷹山が顔をしかめて言う。輪廻は身を乗り出し、鷹山の目をじっと見つめた。

「ええ、そうです。親父は私にとって血の繋《つな》がった両親以上に大切な存在です。親父のためなら、地獄《じごく》の底まで叔父貴《おじき》を捜しに行きますよ」

その言葉に嘘《うそ》はなかった。輪廻は正太郎を誰《だれ》よりも敬愛している。再び千切と命を賭して戦いたいという欲望《よくぼう》を滾《たぎ》らせて捜索に当たっているのが本心なのだが。それだけでは、輪廻は動かなかっただろう。正太郎の指示があったからこそ輪廻は鷹山へ連絡を取り、千切の動向を探っているのだ。

そんな輪廻の腹の内が伝わったのか、鷹山の警戒心《けいかいしん》がわずかに和らぐ気配がした。

（やはり、真心込めてお話しするのが一番ですね）

嘘に真実をひとかけら混ぜ込むのが、相手の心を掴《つか》むコツだ。ここが勝負どころだとばかりに、輪廻が鷹山へ迫《せま》る。

「ですが、私たちは所詮《しょせん》はぐれ者。何の力もありません。ですから、あなたの力が必要なんです。全て言うとおりにします。知りえた情報は、どこにも口外しません。もし約束を違《たが》えたら、この両手の指をあなたに捧《ささ》げます……！」

突き出された輪廻の指を、鷹山が面倒《めんどう》くさそうに避《よ》ける。

「……こちらが一方的に情報を与《あた》えるのは、不公平だな。アンタたちにも動いてもらおうか」

「……動く、とは？」

探るように、輪廻が尋《たず》ねる。

「俺の手先として、千切の捜索に動いてもらいたい」

「それはもう、喜んで！　それで、何をすればいいんです？」

「待て、はやるな」

ぐいぐいと顔を近づける輪廻を、鷹山が手で制する。

「公務員ってのは面倒でな。アンタらと手を組むにも、いちいち上の承認が必要なんだ」

「……と、いいますと」

「アンタらを、二十四時間限定で俺の協力者――【エス】に指名する。これなら、千切の行方を教え合える。どうだ？」

「いいですねえ。楽しそうです。ぜひよろしくお願いします」

舎弟たちも、コクコクと力一杯うなずく。

「決まりだな。ちょっと待ってろ」

鷹山はスマホを取り出し、電話をかけはじめた。

「お疲《つか》れ様です、鷹山です。実はちょっとご相談がありまして——ええ、ヤクザ者なんですが……ありがとうございます。では、失礼します」

電話を切り、鷹山が輪廻たちの方を見た。

「上長の許可が取れた。これからすぐに千切のもとへ向かう」

「では、契約《けいやく》成立ですね。二十四時間、よろしくお願いします」

「しゃーす！」

後部座席から、舎弟たちの元気な声が響き渡った。

第五章

——都内から北関東方面へと車を走らせること、二時間ほど。

勾配《こうばい》のきつい山道を、ひたすらに白いミニバンが進む。カーブを大きく曲がるたびに、輪廻たちの体が大きく傾《かたむ》く。

「う……うぇっぷ……」

蛇ノ目が片手で口を押さえて、懸命《けんめい》に吐《は》き気を堪《こら》える。鷹山は前を見たまま、蛇ノ目へ尋ねる。

「おい、大丈夫《だいじょうぶ》か？　一旦《いったん》どこかで休むか？」

「だ、大丈夫……です。これくらい、耐《た》えなきゃ、極道なんてやってられない……ウェッ」

えずきが止まらない蛇ノ目の背中を、虎山がそっとさする。蛇ノ目の顔はどんどん青ざめて、色を失っていく。

さすがに見かねた鷹山が、車を路肩《ろかた》へ停めた。

「降りろ。さすがに車の中で吐かれたら、たまったもんじゃないからな」

「うう……すみません……」

「せっかくですし、皆《みな》で休憩《きゅうけい》していきましょう」

輪廻が他のふたりへ、降りるように促す。

車を降りると、ひやりと湿《しめ》っぽい空気が、肌《はだ》にまとわりついてきた。

「は～、なんかスゲー空気が美味い気がする」

万亀川が鼻から息を大きく吸い込み、深呼吸を繰《く》り返した。

「草の匂《にお》いも強いな。やっぱ山の中だからか？」

虎山はクンクンと鼻を鳴らし、辺りの匂いを嗅《か》いでいる。

蛇ノ目は道路にしゃがみ込んで、ペットボトルの水を飲んでいる。さっきまで真っ白だった顔に血の気が戻《もど》っている。外気に触《ふ》れて、少し落ち着きを取り戻したようだ。

「はあ……ゲロらなくて良かった」

「三半規管が弱いのか？」

鷹山の問いに、輪廻が答える。

「いえ、彼の【能力】なんです。五感が人の数十倍鋭《するど》いのですが、その影響《えいきょう》を受けてしまったのかと」

「……能力者か。自分でコントロールできないのは、難儀《なんぎ》だな」

同情に満ちた鷹山の声には、やけに実感がこもっていた。

「そういえば、鷹山さんの所属している特殊能力対策課は、能力者を集めた課のようですね。あなたにも何か【能力】があるんですか?」

「……【透視能力《とうし》】」

輪廻に尋ねられ、鷹山がぼそりと答える。

「素晴らしい【能力】をお持ちで」

「精度は大して高くないがな。建物の外から見て、中の間取りを把握《はあく》できる程度だ」

「捜査《そうさ》には大変役立つじゃないですか。ちなみに叔父貴にも何か【能力】が?」

「他人のことまで、答える義務はない」

あっさりと一蹴《いっしゅう》されてしまった。答えは期待していなかったから、構わないが。

「……吸ってもいいか?」

鷹山がシャツの胸ポケットから煙草《たばこ》の箱を取りだして見せる。

「構いませんよ」

輪廻が答えると、鷹山はガードレールへ体を預け、煙草を咥《くわ》えてライターで火をつけた。

「……ここらで、作戦会議をしておこうか」

鷹山の口から吐き出された煙《けむり》が、宵闇《よいやみ》へ消えていく。

「俺たちの目標は、狐面《きつね》の男——【先生】本体だ。ヤツは用心深く、決して人前に姿を現さない。側近ですら、正体を知らないはずだ」

「全てオンラインで、指示を出しているようですね。今から向かうアジトにいらっしゃると、確信を抱《いだ》いているわけですか？」

「そんなところだ。ヤツは山奥の廃校《はいこう》を買い取り、会員たちのためのコミュニティーハウスを建設中という情報が入った。その内偵《ないてい》に千切が向かっていた」

「それはそれは。大変な役目を負っていらしたんですね」

「密に連絡《れんらく》を取り合っていたが、廃校へ到着《とうちゃく》してしばらくしてから、連絡が途絶《とだ》えた。発信器で居場所を把握していたが、それも外されていた」

「念が入っていますね。【先生】は結局何者なんです？」

「ヤツは――」

額に皺《しわ》を寄せて、鷹山が煙草の吸い口を噛《か》む。そのあとに発せられた言葉を聞き、輪廻は合点がいったというようにうなずいた。

「有益な情報をありがとうございます。それで、私は何をすればいいんです？」

「俺たちが突入《とつにゅう》するまでの時間稼《かせ》ぎと、校舎内の探索《たんさく》。図面は手に入れているが、会員たちを使って日々改築しているという情報もあるからな。トラップが仕《し》掛けられている可能性もある」

「あなたの【能力】で、校舎内を透視できるのでは？」

「言ったろ、精度は大して高くないと。俺の【能力】には限界がある。間取りはざっくりとは分かるが、詳細《しょうさい》までは把握できない。だから、内偵をアンタに頼《たの》みたいんだ。発信器とインカムをあとで渡《わた》すから、内部の様子を逐次《ちくじ》報告してくれ」

要するに自分は、人柱みたいなものなのだろう。

もしトラップとやらで死んでも、鷹山たちは痛くも痒《かゆ》くもない。

ずいぶんと自分の命も軽く見られたものだと思うが、それはそれで楽しめそうだ。どうせ輪廻自身も、さして命を重く感じてはいないのだから。

「了解《りょうかい》しました。お役目、しっかり務めさせていただきます」

「ひとつだけ、言っておく。くれぐれも校舎内で誰《だれ》かと遭遇《そうぐう》しても、接触《せっしょく》しないように。特に、リアルセミナーの時みたいな騒《さわ》ぎは絶対起こすな。大捕《おおと》り物《もの》は俺たちの役目だからな」

「もちろん、心得ていますよ」

「……そろそろ、行くか」

鷹山は携帯《けいたい》灰皿に煙草を放り込み、ガードレールから腰《こし》を浮《う》かせた。

さらに細く曲がりくねった道を走ること数十分。ようやく、目的地の廃校にたどり着いた。

ミニバンが、校舎から少し離《はな》れたところに停まる。

「思っていたより、綺麗《きれい》なんですね」

車のフロントガラス越《ご》しに、目の前の廃校を観察する。てっきり荒《あ》れ果《は》てた廃墟《はいきょ》みたいな建物なのかと思っていたが、意外にも校舎の状態は良さそうだった。夜が明けたら、明日《あした》から生徒たちが登校してくるんじゃないかと思えるくらいには、かつての面影《おもかげ》を残している。

「廃校になってから、たいして時間が経ってないからな。これが、支給するヘッドセットと発信器だ。ガメるなよ」

鷹山が、ヘッドセットと発信器を輪廻へ突《つ》き出した。

「ありがとうございます。耳をそろえてお返ししますよ」

「しつこいようだが、くれぐれも内部の人間との接触は――」

「それも、心得ております」

ニッコリと笑い、鷹山の言葉を遮《さえぎ》る。

「……分かっていればいい」

「それでは、行ってまいります」

「カシラ！　あのっ……俺たちも行っていいですか？」

すがるような目で、舎弟たちが輪廻を見上げる。彼らのことだから、そう言い出すだろうとは思っていたが。

輪廻は口元に優しげな笑みを纏《まと》い、彼らを諭《さと》す。

「お前たちはここで待っていなさい。鷹山さんを監視《かんし》するという、重要な役目があるのですから」

「おい、俺が裏切るとでも思ってるのか？」

「サツはすーぐ手のひら返しをしますから。逮捕状《キップ》を切られでもしたら、たまったものではありません」

含《ふく》み笑《わら》いを漏《も》らして輪廻が言うと、舎弟たちの顔が途端《とたん》に引き締《し》まった。

「分かりました！　コイツをしっかり見張っておきます！」

「ええ。お願いしますよ。では、行ってまいります」

「行ってらっしゃい、カシラ！」

「お気をつけて！」

舎弟たちが手を振《ふ》り、口々に見送りの挨拶《あいさつ》を述べる。輪廻は車のドアを開けて外へ出ると、舎弟たちに軽く手を振り歩き出した。

「天鷲《あまわし》市立、天鷲中学校……ここは中学校だったんですねぇ」

輪廻は校門に掲《かか》げられた学校名を、高らかに読み上げた。

『学校名なんざどうでもいいから、さっさと中に入れ』

耳元でうざったそうな鷹山の声が響《ひび》く。

「これは失礼しました」

周辺の様子をうかがうと、いくつも設置された監視カメラが、ものものしさを醸《かも》し出している。

壊《こわ》してしまっても良いのだが、どうせ自分がここへ侵入《しんにゅう》すれば、どこかでかち合うのだ。相手に心の準備をさせておいた方が、親切というものだろう。

「鷹山さん。校門の前に監視カメラがありますが、壊さずに行きますね」

『そうだな。のちほどこちらで証拠《しょうこ》品として押収する。おそらく中にも仕掛けてあるが、そのまま進んでくれ』

「承知しました。校庭を拝見しても良いですか？」

『構わないが、さっさとすませろよ』

「心得ていますよ」

輪廻は、校庭を鼻歌まじりに歩き始めた。

「実に歩きやすく整備されています。毎日丁寧《ていねい》に、お手入れしているんでしょう」

『会員たちが、せっせと手入れしているようだからな。菜園を作って、自給自足を目指してるらしい』

「ほうほう。これでしょうか？　校舎の前に立派な畑がありますよ」

輪廻が畑の前へしゃがみこみ、植わっているピーマンをじっと見つめる。

「このピーマン、つやつやして美味《おい》しそうですねえ。さぞかし丹誠《たんせい》込めて育てていらっしゃるんでしょう」

輪廻は目を細め、ピーマンをひとつもぎ取ってかじりはじめた。

「んん～みずみずしくて美味しいですねえ！」

『おい、野菜の品評してる場合か。つーか勝手に食うな！』

「失礼しました。あまりにも美味しそうなので、つい」

『いいからさっさと中へ入れ』

「承知しました……と、その前に」

輪廻はつま先で、畑の土を蹴《け》りはじめた。辺りに、土が飛び散る。

『何してんだ、お前』

「記念に、土を持ち帰ろうかと。ほら、高校野球の試合のあとによくやるじゃないですか」

『遊びじゃねえんだぞ。これ以上バカなことやってんなら、【エス】の契約《けいやく》解除するからな!?』

耳をつんざくような鷹山の怒鳴《どな》り声が聞こえてきた。これは相当苛立《いらだ》っているようだ。

「そんなに怒《おこ》らないでくださいよ。すぐ行きますから」

輪廻はゆっくりと立ち上がると、昇降口《しょうこう》へ向かった。

靴箱《くつばこ》が並んだ昇降口へ入ると、頭上の監視カメラがじっと輪廻を捉《とら》えている。

「お邪魔《じゃま》しますよ」

輪廻は手を挙げてカメラへ笑いかけると、ずかずかと中へ踏《ふ》み込んだ。

ペンライトの明かりを頼《たよ》りに、暗闇《くらやみ》に包まれた廊下《ろうか》をひとり歩く。試しに手探りで適当なスイッチを入れてみたが、まったく反応しなかった。

この様子だと、電気系統はほぼ機能していない状態のようだ。

「中は真っ暗ですよ。クフッ、まるで肝試《きもだめ》しですねえ」

『遊びじゃねえんだ。しっかりやれ』

「分かっていますよ」

静寂《せいじゃく》の中、カランコロンと輪廻が下駄を鳴らす音だけが響く。

霊《れい》の類いは信じていないが、夜の廃校《はいこう》というのは独特の雰囲気《ふんいき》がある。そう、本当に幽《ゆう》霊《れい》が飛び出して来そうな――

「……何も、出て来ませんね」

若干拍子《ひょうし》抜《ぬ》けだった。ここがアジトならば、ボディガードのひとりやふたり立っていてもおかしくないはずなのだが。ボディガードはおろか、人っ子ひとりいないようだ。念のためトラップなども確認しながら歩いているが、何も仕《し》掛《か》けられていないようだった。それが逆に不気味だ。

(襲撃《しゅうげき》のタイミングを、うかがっているのかもしれませんね)

数メートルおきに設置された監視カメラを見上げる。遠隔《えんかく》操作できる武器などいくらでもあるし、今もどこかから輪廻を狙《ねら》っているのかもしれない。

『どうだ、中の様子は』

鷹山に問われ、輪廻は見たままを答えていく。

「昇降口から上がって右に曲がると、職員室がありますね。その隣《となり》が、生徒指導室で……掲示板《けいじばん》に貼《は》り紙が残っていますね。ほうほう、来週服装検査を行うと。今どきまだやってるんですねえ」

『そういう報告は不要だ。さっさと次に行け』

「鷹山さんはせっかちですねえ。せっかくノスタルジーに浸《ひた》っていたというのに」

『カシラ！　俺は楽しく聴《き》いてますよ！　動画配信者みたいでカッコイイです！』

蛇ノ目の声が、インカム越《ご》しに聞こえてくる。どうやら【能力】を使い、輪廻の報告を聞いているようだ。

「クフッ、ありがとうございます。やはりリスナーがいると張り合いが出ますね」

『何がリスナーだ。あんまり気を抜くなよ。お前も横入りするな』

ごそごそと衣擦《きぬず》れのような音と共に、蛇ノ目と鷹山が何か言い合っている声が聞こえてきた。どうやら蛇ノ目が後部座席から身を乗り出し、鷹山が使っているインカムで強引に輪廻と会話を試みたようだ。

「蛇ノ目、あまり鷹山さんにご迷惑《めいわく》をかけてはいけませんよ……おや？」

こつんと、靴のつま先に硬《かた》いものが当たる。ペンライトで足元を照らすと、銀色の銃《じゅう》が廊下へ落ちていた。

「……銃が、落ちてます」

拾い上げると、蔦《つた》のような刻印が記されている。

「これは、叔父貴《おじき》の――」

輪廻はハッと顔を上げた。カツン、カツンとこちらへ誰《だれ》かが近づく足音がする。

耳をすまして、目を凝《こ》らす。黒い影《かげ》が、ゆらゆらと近づいてくる。影は、輪廻の数歩先でぴたりと止まった。

「糸廻輪廻くん……かな？　初めまして」

「こちらこそ、初めまして」

「ここまでよくこられたね、歓迎《かんげい》するよ」

男が柔和《にゅうわ》な笑みを浮《う》かべて、右手を差し出した。

オーダーメイドであろう、細身の体にぴったりと沿うよう誂《あつら》えたスーツ。よく磨《みが》かれた革靴《かわぐつ》。柔《やわ》らかそうな色素の薄《うす》い髪《かみ》の毛。整った顔立ちだが、垂れ目を細めた時にできる笑い皺《じわ》が、親しみやすさを感じさせて——最高に胡散臭《うさんくさ》い。

『おい、どうした？』

耳にはめたイヤホンの向こうから、鷹山の声が聞こえてくる。輪廻はインカムをむしり取ると床《ゆか》へ叩きつけ、全体重をかけて踏んづけた。

パキン、と軽薄《けいはく》な音を立ててヘッドセットが息絶える。

「あれ、いいの？　それ、借りものみたいだけど」

「問題ありませんよ。どうせ私は使い捨てのコマですから。ああ、これも捨てておきましょう」

輪廻がタイピンを模した発信器をネクタイから外し、窓を開けて放り投げた。

「これで、あなたとじっくりお話ができますねえ。【先生】？」

「あれ、バレてた？」

男——【先生】が呑気《のんき》に自分を指さした。

「声で分かりましたよ。顔はお面で隠《かく》せても、声はごまかせませんからねえ」

「ヘリウムガスでも吸ってから、来るべきだったかな」

「次はそうすることをお勧《すす》めしますよ。ああでも、あなたのその甘い声が催眠《さいみん》術のスイッチになっているのなら、ガスを吸っては台なしですね」

「そうなんだよねえ、困ったもんだ」

言葉とは裏腹に、【先生】はさして困ってもいなさそうだ。

「そういえばキミ、セミナーに参加してたんだっけ。キミが壊《こわ》したモニター、高かったんだよ。弁償《べんしょう》代、結構掛《か》かっちゃった」

「それは申しわけないことをしました。ですがこちらは屋敷《やしき》を荒《あ》らされ、組員たちが大けがを負っているので痛み分けでしょう」

「それ、関係あるかなあ？」

「大ありですよ。全部あなたの指示のもと、田鼈が動いたんですから。ドラッグ密売の罪を親父《おやじ》に被《かぶ》せてしょっぴいたのも、あなたの差し金でしょう？　元警視庁特殊《とくしゅ》能力対策課警視、狐島縒人《こじまよりと》さん？」

狐島は微笑《ほほえ》み、感心したようにパチパチと手を叩《たた》いた。

「いやあ、すごいすごい。そこまで調べてくるなんてね。キミ、ヤクザなんて辞めて公安に転職したら？」

「残念ながら、カタギの勤めは性に合わなくて。そもそも毎日早起きして満員電車で通勤なんて、苦行が過ぎますよ」

「残念だなあ。ヤクザなんてゴキブリは、この世から消えるべきなのに」

い。

「ええ、ゴキブリなのでしぶといですよ。殺虫剤《さっちゅうざい》も効かない程度にはね」

「ハハ、面白いことを言うね。キミとはもっと、ゆっくりお話したいな。どう？　コーヒーでも飲まない？」

こんな時に、何を呑気なことを言っているのか、この男は。もしかしたら罠《わな》かもしれない。

だが、ここは誘《さそ》いに乗ったほうが得策だろう。虎穴《こけつ》に入らずんば虎児を得ずだ。

「私もぜひ、あなたと膝《ひざ》を突《つ》き合わせてお話がしたいと思っていたところです。お誘い、喜んでお受けいたします」

輪廻が胸に手を当て、仰々《ぎょうぎょう》しく腰《こし》を折った。

狐島が引き戸を開け、突き当たりにある部屋へと入っていく。かつて校長室だったらしきその部屋には革のソファが置かれており、応接室として使っているようだった。

輪廻は辺りの様子を注意深くうかがいながら、中へ入る。伏兵《ふくへい》を忍《しの》ばせているのではないかと警戒《けいかい》していたのだが、その気配はないようだ。

「狭苦《せまくる》しいところだけど、どうぞくつろいで」

勧められるままに、飴色《あめいろ》の革ソファへ座る。ソファは適度な弾力《だんりょく》があり、疲《つか》れた体を優しく包み込んでくれる。

「いいソファですね」

「そうだろう？　わざわざ海外から取り寄せたんだよ。この使い込まれた皮革の風合いは、ヴィンテージならではだよね」

狐島が意匠《いしょう》を凝らした彫刻《ちょうこく》が施《ほどこ》された、コンソールテーブルの上へ置かれたサイフォン式のコーヒーメーカーのスイッチを入れる。丸みを帯びたガラスボールの曲線は、うっとりするほど美しい。

どれも選び抜かれた質のよい品のようだ。この部屋には、狐島のこだわりが詰《つ》まっているのだろう。

「キミのその、肩《かた》に掛《か》けたジャケット。カッコイイね」

狐島が立ったまま、輪廻の肩先を指さす。

「お褒《ほ》めにあずかり恐縮《きょうしゅく》です」

「裏地の刺繍《ししゅう》、すごく凝ってる。オーダーメイド？」

「ええ。馴染《なじ》みの業者に作らせました」

「傾《かぶ》き者っぽいよね。なんかそういう雰囲気《ふんいき》。好きだなあ」

のんびりとした口調で、狐島が言う。

「面白いよねえ。そういうの仕立ててくれるところあるんだ。ねえ、どこで作ったのか教えてくれる？　僕、キミのこともっと知りたいんだ」

弛緩《しかん》しきった空気が、輪廻の体を取り巻く。だが、不思議とそれが心地《ここち》よく感じる。丁々発止のやり取りを期待してここへ来たのだから、はぐらかされてばかりで苛立《いらだ》ってもおかしくないのに。

「もうさあ、僕が誰だってどうでもいいじゃない？　コーヒーでも飲みながら、楽しく話そうよ。ギスギスいがみ合ってもしょうがないじゃない」

コーヒーメーカーがコポコポと音をたて、深みのある香《かお》りが室内に漂《ただよ》う。

甘く低い声が、輪廻の耳朶《じだ》を打つ。声に匂《にお》いなどあるはずもないのに、ミルクのような甘い香りが鼻腔《びこう》から流れ込んできて、脳内に充満《じゅうまん》する。

（これは……催眠術？　いや、違《ちが》う……）

そんな生易しいものではない。頭の中に手を突っ込まれて、脳髄《のうずい》を直接握《にぎ》られるような感覚。おそらくこれが【洗脳】だ。

（【能力者】だろうとは思っていましたが……これはかなり、キツいですね）

舎弟たちを車に置いてきて良かったと、心底思う。この圧迫感は彼らには到底《とうてい》耐えられないだろう。

「キミも、切った張ったの争いに疲れてるでしょ？　警察の犬みたいな真似《まね》までしてさあ。ここにいれば、何も考えなくていいんだ。ね？　僕たちと一緒《いっしょ》に、のんびり暮らそうよ」

濁《にご》った薄い膜《まく》が張ったような脳内に、心地よい声が流れ込む。何もかも投げ出して、全てを委ねたくなってしまうような。

「毎日辛《つら》いでしょ？　嫌《いや》なことばっかりでさ。このご時世、ヤクザなんて迫害《はくがい》されてばっかりで、生きづらいだろうし。どう？　全部捨てちゃって楽になろうよ。キミみたいな優《ゆう》秀《しゅう》な人なら、すぐに【ランクアップ】できるよ。僕が保証する。僕はキミたちみたいな社会に見捨てられた人のために、この優しい世界を作り上げたんだから」

思考がどんどん溶《と》けていって、狐島の甘い声で頭がいっぱいになる。もう何も考えたくない。頭を真っ白にして、彼の言葉で満たしてしまいたい。

「ね、僕と一緒に来てよ」

狐島が輪廻の肩に手を置く。輪廻はその手を、素早くはね除《の》けた。

「触《さわ》らないでください。汚《けが》らわしい」

輪廻は立ち上がり、最高に凶悪《きょうあく》な顔で微笑んだ。

「あなたは大きな勘違《かんちが》いをされているようですが、私は好きで命がけの極道をやっているんです。あなたのもとで寝《ね》ぼけた生活をしていたら、頭が腐《くさ》って死んでしまいますよ。優しい世界なんて、反吐《へど》が出ます」

おや、と狐島がわずかに眉《まゆ》を持ち上げた。輪廻が洗脳を拒絶したことに、少なからず驚《おどろ》いているようだ。

「キミ、本当にすごいね。ますますスカウトしたくなっちゃった」

「残念ながら、転職の意思はありませんよ。今の職場ほど、刺激《しげき》に満ちた愉快《ゆかい》なところはありませんから」

「それなら、僕のもとでも得られるよ。ねえ千切くん？」

狐島が扉の方を振《ふ》り返る。扉《とびら》がわずかに開き、千切が姿を現した。

「……叔父貴《おじき》？」

「……」

千切は、輪廻の呼びかけに応えない。ただ無言で、輪廻の肩先を見つめている。

「叔父貴、どうなさったんです？」

千切はゆらゆらと体を揺《ゆ》らしながら、輪廻へ近付く。視線はこちらを見ているはずなのに、見ていない。虹彩《こうさい》は真っ黒に塗《ぬ》りつぶされ、意思の光が感じられない。

（まさか叔父貴も——）

そう思った時には、遅《おそ》かった。

「……やっと見つけた」

千切はゆっくりと身を屈《かが》め、輪廻のみぞおちをめがけて殴《なぐ》りつけてきた。

「ぐはっ……！」

痛みと共に、猛烈《もうれつ》な吐《は》き気がこみ上げてくる。

続けて千切が輪廻の胸ぐらを掴《つか》み、さらにパンチを繰《く》り出そうとする。咄嗟《とっさ》に輪廻は千

切の腕《うで》へ手を回し、そのまま体を捻《ひね》って床《ゆか》へと叩きつけた。

受け身をとり、千切はすぐに立ち上がる。その瞳《ひとみ》には憎悪《ぞうお》が燃え盛っていた。

「糸廻輪廻……今日こそ俺はお前を……殺してやる！」

「——……ッ！」

強烈《きょうれつ》な殺意に、体の中心を射貫《いぬ》かれる。これまで幾度《いくど》も感じてきた千切の視線は、やはり自分への殺意だったのだ。

ゾクゾクと背筋に寒気が走り、頭のてっぺんを突《つ》き抜ける。ようやく求めていたものが得られる悦《よろこ》びに、輪廻は身を震《ふる》わせた。

「クッフッフ……いいですねえ、叔父貴。そう来なくては」

千切が再び、輪廻へ殴りかかってくる。さながらボクシングのスパーリングのように、激しいパンチの応酬《おうしゅう》が繰り広げられた。

「俺は……お前と蜘蛛縫組を……そして全てのヤクザを……ブッ潰《つぶ》す！」

「そうだよ、ヤクザは諸悪の根源だ。糸廻輪廻はその中でも最悪の凶悪犯。キミの手で葬《ほうむ》らないと犠牲者《ぎせいしゃ》はどんどん増えていく」

煽《あお》るように、背後から狐島が囁《ささや》く。千切の瞳がますます熱を帯び、輪廻へ襲《おそ》いかかる。

（……邪魔《じゃま》ですね）

千切の背後で微笑《ほほえ》む狐島へ、視線を投げる。

この男と一緒にいては、千切と正面切って戦えない。洗脳された千切では、意味がないのだ。輪廻が求めるのは、千切自身の意思で発露《はつろ》した、純粋《じゅんすい》な殺意。それを全身に浴びてこそ、エクスタシーが得られるのだから。

（一旦《いったん》保護者からは、離《はな》れてもらいましょう）

輪廻は身を低くして校長室を飛び出す。後を追う千切を肩越《かたご》しに振り返りつつ、廊下《ろうか》を駆け抜けた。

タッタッタッタッ。

真っ暗な廊下をひた走る。ペンライトなんて掲《かか》げている余裕《よゆう》はない。すぐそこに千切が迫《せま》っているのだから。

「鬼《おに》さんこちら、手の鳴るほうへ！」

角を曲がったところで編みぐるみ機雷《きらい》を設置し、渡《わた》り廊下へ飛びおりる。千切を倒《たお》すことはできないだろうが、足止めくらいにはなるだろう。

「守りに入るのは趣味《しゅみ》ではないのですが――」

千切が追いかけてきたところで、編みぐるみから伸《の》びた糸を一気に引き抜く。

ボウッ！　とそこかしこから火花が飛び散り、焦《こ》げ臭《くさ》い匂《にお》いが辺り一面に漂《ただよ》う。

もうもうと立ち上る煙幕《えんまく》の中へ千切が突っ込み、輪廻めがけて飛びかかる。

千切は体重をかけて輪廻へ体当たりし、倒れた輪廻の上へ馬乗りになった。

千切は輪廻の首に手をかけ、ぎりぎりと絞《し》め上げる。

「ぐ……ぅッ……！」

「もう逃《のが》さないぞ、糸廻輪廻。母さんの仇《かたき》！」

「そんな方は……存じ上げません……ね……」

千切の顔が激しく歪《ゆが》み、輪廻の首へかけた手に力がこもる。

「お前にとっては抗争《こうそう》なんて、忘れるくらいどうでもいいことだったんだな」

「こう……そう……？　なんの、話ですか……？」

「とぼけるな！　全部警視が教えてくれたんだ。蜘蛛縫組と敵対組織の抗争を引き起こしたのは、お前だと！　その抗争に巻き込まれて母さんは死んだ！　罪はお前の命であがなえ！」

まったく身に覚えがない。正太郎の命で、売られた喧嘩《けんか》は買うが仕掛《しか》けることはしていないはず。

（……いや、一つだけ心当たりがありますね。アレ……か）

狐島も、余計な入れ知恵《ぢえ》をしてくれたものだ。

殺し合いは大歓迎《だいかんげい》だが、他人に吹《ふ》き込まれたありもしない恨《うら》みで狙《ねら》われるなど興ざめだ。

「殺してやる……！　殺してやる殺してやる殺してやる！　死ね！　死ね！　死ね！　死

ね！　死ね！　死ね死ね死ね死ね死ね死ね死ね――ッ！」

息を吐くことも吸うことも許されず、頭の後ろから血が引いていく感覚に囚われる。

このままでは五秒も経たずに、自分は失神してしまうだろう。

輪廻は千切の両手首を摑み、膝《ひざ》を曲げて腰《こし》を挟《はさ》み込む。そのまま片足を千切の頭へかけ、渾身《こんしん》の力で投げ飛ばした。

「……ッ！」

不意を突かれた千切が、床へ倒れて転がる。

「……やれやれ。芋《いも》引きになるのは、避《さ》けたいものです」

千切がすぐに起き上がり、ナイフを構えて輪廻へ切っ先を向ける。

「……答えろ。どうしてお前は、あの日、あの場所でヤクザと争いを起こしたんだ」

「さあ？　知りませんよ」

「とぼけるな！　狐島警視が全部教えてくれたんだ。お前がヤクザの組員を半殺しにしたせいで、抗争が起こったと！」

千切がやたらめったらにナイフを振《ふ》り回す。輪廻は素早くそれを避けつつ、目の前の教室へ逃《に》げ込んだ。千切もそれを追って飛び込む。

「叔父貴《おじき》もヤキが回りましたねえ、そんな詐欺師《さぎし》に騙《だま》されるなんて」

「警視を愚弄《ぐろう》するな！」

「おやおや、ずいぶん入れ込んでるみたいですねえ。叔父貴らしくもない」

「あの人は俺を導いてくれた。母さんを失って独りぼっちだった俺を、支えてくれた」

ヒュッ、と千切のナイフが空を切る。輪廻の髪《かみ》がぱらりと数本宙を舞《ま》う。

「あの人はこの薄汚《うすぎたな》い世界を変えようと奮闘《ふんとう》していた。そのせいで公安を追放された。今度は俺が警視を支える番だ」

「義侠任侠《ぎきょうにんきょう》 義理人情ですか……くだらない妄想《もうそう》ですねえ！ 諸悪の根源は、その狐島だというのに！」

「黙《だま》れ！ 黙れ黙れ黙れぇえええええ！」

千切がナイフを突き出し、輪廻へ飛びかかった。輪廻はそれを巧《たく》みに躱《かわ》し、千切の行く手を塞《ふさ》ぐべく机を蹴《け》り倒す。それをものともせず、千切が机を飛び越《こ》えてまた輪廻へと迫る。

輪廻が千切の手首を取り、動きを封《ふう》じた。

「では、お話をうかがいましょうか。警視とは、どこで出会ったんです？」

「母さんが……撃《う》たれて……俺がひとりで泣いてたら、警視が傘《かさ》を差し掛《か》けてくれて、それで、困ったらここにおいでって、名刺《めいし》を……」

「その名刺には、何と書いてありましたか？」

「ええと……あ、あれ……？ 何で……？ 思い、出せない……」

千切は自分の顔をしきりにべたべたと触《さわ》り、せわしなく体を揺《ゆ》らし始める。支配された意識にわずかな亀裂《きれつ》が入りはじめたようだ。田鼈の時と同じだ。もう一押しすれば、千切は落ちる。

「叔父貴、五年前に出たニュースをご存じですか？」

「何の……話だ……」

輪廻がスマホを取りだし、千切へ見せつけた。

「【特殊《とくしゅ》能力対策課長、上層部を洗脳計画か！】……警視というのは『課長』の別称《べっしょう》のようですね。あなたの上司の所属は、どちらでしたっけ？」

「あ……っ……」

千切の体が、ビクッと震えた。

「そうだ……俺は……ヤクザを殲滅《せんめつ》するために……特殊能力対策課に……それで……あ……あれ……っ……？」

千切がシャツを握りしめ、ぜいぜいと荒《あら》い息を吐《は》き始めた。

輪廻が千切の手首を掴んだまま引き寄せ、肉薄《にくはく》する。

「覚えていませんか？　一緒《いっしょ》に【先生】を捜していた時のことを。警視のお声、私たちが捜していた【先生】とそっくりです」

「違《ちが》う！　違う違う違う違う！　俺がずっと捜していたのは、お前だ！」

「叔父貴は薄情《はくじょう》ですねえ。変装までして彼を追っていたではありませんか。共にセミナー会場で、【先生】の手先と戦ったというのに」

「見え透《す》いた嘘《うそ》をつくな！」

「クフッ、そんなに私と一緒にいたことを認めたくないんですか。でも確かに、叔父貴は私を助けてくださった。でも、それを受け入れたくないのも分かります。あなたはいつも、一般《いっぱん》の方々を優先されていましたから」

「うるさい！　俺のことなんて、何も知らないくせに！　分かったようなフリをするな！」

「ですがあの時、こう言っていましたよね」

輪廻は、とどめとばかりに千切の耳元で囁いた。

「『私が助けたのはあなたではなく、あの場にいた一般人の方々ですから』――と」

「あっ……あぁああっ、あっ、やめ……ろぉおおおおおおッ！」

錯乱《さくらん》した千切が、輪廻を振り払《はら》った。

身を離した瞬間《しゅんかん》、輪廻の指先から糸が伸び、千切の手首へ絡《から》みつく。

「さあ叔父貴……オトシマエ、つけていただきますよ！」

輪廻が指先をくいと曲げると、鋭利《えいり》なピアノ線が、千切の手首へと食い込んだ！

みちみちと肉が裂《さ》ける音がし、右手が床《ゆか》へごろりと転がる。

「ぐ……あ……ッ！」

千切が右手首を押さえてもんどり打った。

「クフッ、無様ですねえ、最高です」

輪廻は倒《たお》れている千切へ近付き、しゃがんで傷口をのぞき込んだ。千切の手首からは、切断面がのぞいている。

「すみませんねえ、叔父貴。ですがこれは正当防衛ですよ？」

「……っ、あ……あ……っ。う……あ……」

千切は痛みに喘《あえ》ぎながら、空を仰《あお》いでいる。右手首がぶるっと大きくわななき、肉の塊《かたまり》が切断面から盛り上がってくる。それはあっという間に人の手の形へと変わり——何ごともなかったかのように再生した。

「……カシラ、どうしてここに……？」

千切は身を起こし、夢から醒《さ》めたような顔で、輪廻を見た。虚《うつ》ろだった瞳《ひとみ》には光が戻《もど》っている。どうやら、洗脳が解けたらしい。

（正しい手順を踏《ふ》めば、洗脳は解ける——とはいえ、今回は苦労しましたね）

狐島は洗脳を行う際に、自分に関する記憶を全てぼかしてしまう癖《くせ》がある。偽《いつわ》りの記憶の矛盾を突《つ》けば、隙《すき》が生じる。そこで肉体へ苛《か》烈《れつ》なダメージを加えることにより、洗脳を解くことができる。それが、輪廻の導き出した結論だ。

そして、千切の【能力】は、身体《からだ》の再生。

田鼈と戦った時、田鼈の武器化した指先で裂かれた腕《うで》の傷が、綺麗《きれい》さっぱり消えていた。

（あの時に、もしやと思ったのですが――）

『簡単な話だよ。もしそうなったら、蜥蜴《とかげ》の尻尾《しっぽ》を切ればいい』

正太郎の言葉が脳裏によみがえる。あの時は千切を蜥蜴になぞらえ、裏切ったら処分するつもりなのだと受け取っていたのだが。

まさか本当に、言葉通りだったとは。

「罠《わな》にかかるのは二流の証拠《しょうこ》……私もまだまだのようです」

輪廻のつぶやきには、どこか愉快《ゆかい》そうな響《ひび》きがあった。

「そうだ、叔父貴。これをお返ししておきますよ」

輪廻が胸ポケットから、蔦《つた》の刻印が刻まれた銃《じゅう》を取りだす。

「……ありがとうございます」

千切が手を伸《の》ばし、銃を受け取った。

「あれ？　もう仲直りしちゃったの。ちょっと遅《おそ》かったかな」

振り向くと、狐島が背中で手を組んで立っていた。輪廻が腰に手を当て、イヤミたらしく言う。

「これはこれは。こちらから出向こうと思っていたのに、わざわざ来てくださったんですね」

「そりゃあねえ。千切くん、血相変えてキミを追いかけて行っちゃったんだもの。心配になって見に来ちゃったんだよ」

「ご心配痛み入ります。ですが、俺はもう、あなたの言いなりにはならない」

千切が持っていた銃を、狐島へ向けた。

「怖《こわ》いなあ。そんな物騒《ぶっそう》なもの向けないでよ。こっちは丸腰《まるごし》なんだから」

狐島が両手を上げて、『降参』のポーズを取る。が、千切は銃を構えたまま動かない。

「自首してください。今なら、無傷であなたを引き渡《わた》します」

「そういうわけにもいかないんだよねえ。ここまできたら、もう引き返せないんだよ。大切な僕の会員たちのためにも、ね」

狐島が首を傾《かたむ》けて、後ろを見る。廊下《ろうか》の向こうからぞろぞろと大量の人間たちが、こちらへ向かっているのが見えた。

「おやおや。こんな大量の兵隊、どこに隠《かく》していたんです？」

「あっちの校舎だよ。彼らは一ヶ月前から、ここで寝起《ねお》きしているんだ。毎日規則正しい生活を送って、食事をして、皆《みな》でラジオ体操して、日が沈《しず》むまで【栽培《さいばい》】に励《はげ》んで。どう？　健康的でしょ」

「……その【栽培】しているのは、ナチュラルドラッグですね？」

千切が狐島を見据《みす》える。

「それは誤解だよ。まぁ材料は似たようなもんだけど。もっと作用は穏《おだ》やかだし、サプリみたいなものだから」

「詭弁《きべん》を弄するのは、いい加減やめてください」

怒気《どき》を孕《はら》んだ声で、千切が言う。

「もう一度言います。自首、してください」

「……見逃《みのが》してもらえないかなぁ。キミと僕の仲じゃない」

狐島が親しげに千切へ笑いかける。千切は銃を構えたまま、無言で狐島を見据えた。

「……ダメか。キミ、一度決めたらテコでも動かなかったもんねえ。それなら仕方ないか」

狐島は会員たちへと向き直り、両手を大きく広げた。

「これから皆さんに、【最重要タスク】を付与《ふよ》します。今、私の後ろに立っている男性ふたりは、私の命を狙《ねら》っている恐《おそ》ろしい凶悪《きょうあく》犯です。どうかあなた方の力で、私を彼らから守ってください」

「【先生】が狙われている……？」

「なんて酷《ひど》い……絶対に守らないと」

会員たちがさざめきはじめる。彼らを煽《あお》り立てるように、狐島の声がいっそう力強さを増した。

「この【最重要タスク】を達成した方は【魂《たましい》のステージ】が上がり、【ランクアップ】は確実でしょう。大変な仕事ですが、やり遂《と》げた暁《あかつき》には【圧倒的成長《あっとう》】を遂げているでしょう。さあ、ぜひ挑戦《ちょうせん》してください！」

「【魂のステージ】が、上がる……」

「【ランクアップ】できる……」

会員たちがブツブツとつぶやきながら、輪廻と千切を取り囲む。

ひとりの女性が手を伸ばし、輪廻の顔を爪で引っ掻《か》き始めた。

背後からは、男性が輪廻を羽交《はが》い締《じ》めにしようと手を伸ばす。輪廻はその手を払いのけ、輪から飛びだした。

「これだけ人数がいると、面倒《めんどう》ですねえ。爆弾《ばくだん》で、サクッと吹《ふ》っ飛ばしちゃいましょうか」

輪廻が手をかざし、臨戦態勢を取ろうとする。すると千切が、横から輪廻の手首を押さえつけた。

「彼らは、洗脳されているだけの一般人です。傷つけるわけにはいかない」

「叔父貴《おじき》……今はそんな呑気《のんき》なことを言っている場合ではないでしょう」

さすがに輪廻も、呆《あき》れた声を出してしまう。

「いいえ。どんな時でも私は彼らに傷ひとつ、つけるわけにはいかないんです」

頑固者《がんこ》めと内心舌打ちするが、彼の信念を揺《ゆ》るがせるのは、困難を極めるだろう。今は内輪もめをしている場合ではない。

「キミは本当に優しいね、千切くん」

会員たちの後ろで、狐島がニコニコと笑みを浮《う》かべて立っている。

(安全圏《けん》でひとりだけ高みの見物を決め込んで……こういうタイプが一番ムカつきますね)

「らら♪　らら♪　幸せ〜♪　自分を♪　抱《だ》きしめて♪　愛そう♪　自分を♪　好きになろう♪」

「自分を♪　愛せば♪　世界が♪　変わる♪」

「ありのままの♪　自分で♪　生きて行こう〜♪」

会員たちは声を合わせて高らかに歌いながら、輪廻と千切を取り囲む。

「続きがあったんですか……気持ち悪い歌ですねえ！」

押し寄せる会員たちを突き飛ばして輪から抜《ぬ》け出そうとするが、彼らは、次から次へと群れを成してくる。

洗脳こそされているが、夜宮のように凶暴《きようぼう》化はしていないようだ。それだけに、やりづらい。

もし襲《おそ》いかかってきてくれたら、『正当防衛』の名の下に一網打尽《いちもうだじん》にできるものを。

「……仕方ないですね」

輪廻は腰《こし》につけたカラビナから編みぐるみを外し、空中へ放り投げた。

「行きなさい！　ウサ太郎《たろう》、ピヨ助《すけ》、マル次郎《じろう》！」

編みぐるみたちが宙を舞《ま》い、窓の外へと飛び出す。その瞬間閃光《しゅんかんせんこう》が走り、ドン！　と轟《ごう》音《おん》が響き渡った。

「うわぁあっ！」

衝撃《しょうげき》に耐《た》えられなかった会員たちが失神し、次々と床《ゆか》に倒《たお》れ付した。

「これなら、セーフでしょう？」

輪廻が、千切へ向かってニヤリと笑いかけた。千切は無表情で答える。

「……そういうことに、しておきましょうか」

「うーん、キミたち結構頭が回るねえ。はい、じゃあ第二陣《じん》、行ってください」

狐島がさらっと言う。気がつくと廊下には、みっしりと会員たちが立っている。

「おやおや、まるでわんこそばみたいに次々来ますねえ」

「皆さんに【最重要タスク】を付与します。私は安全な所へ移動します。私が彼らに狙われないよう、皆さんが盾《たて》となって守ってください」

会員たちが狐島を取り巻き、ひとかたまりとなって移動する。

そして輪廻の機雷《きらい》で失神していた会員たちが目を覚まし、むくりと起き上がって輪廻と千切へ再び向かってくる。

「らら♪　らら♪　幸せ〜♪　自分を♪　抱きしめて♪　愛そう♪　自分を♪　好きになろう♪」

「自分を♪　愛せば♪　世界が♪　変わる♪」

「ありのままの♪　自分で♪　生きて行こう〜♪」

虚《うつ》ろな目をした会員たちは、壊《こわ》れたオモチャのように歌い続ける。まるでゾンビだ。

「まったく……これではキリがありませんね。闇金の利子より、酷い膨《ふく》らみようです」

「これは、元を絶たねば埒《らち》が明かないでしょう」

「そうですねえ。面倒ですが、地道に近付くしかないようです」

会員たちに囲まれて移動する狐島を、ジリジリと追いかける。

「らら♪　らら♪　幸せ〜♪　自分を♪　抱きしめて♪　愛そう♪　自分を♪　好きになろう♪」

「自分を♪　愛せば♪　世界が♪　変わる♪」

「ありのままの♪　自分で♪　生きて行こう〜♪」

機械音声のようにそろった歌声が、廃校舎《はいこうしゃ》に響《ひび》き渡る。

「邪魔《じゃま》です」

そのたびに窓の外に編みぐるみ機雷を放ち、爆音《ばくおん》で彼らの気を失わせるのだが、それもそろそろ限界に達してきた。

「叔父貴、やはりここは犠牲《ぎせい》を払《はら》ってでも、狐島に近付くべきでは」

「それだけは絶対にできません。もし強行すれば、私があなたを撃《う》ちます」

「……そう言うと、思っていましたよ」

千切の頑《かたく》なさにはもう呆《あき》れて笑うしかないが、笑いごとではない。傷つけずに、彼らを打ち倒す方法はないものか――

「ああ……そうだ。【アレ】を試せば良かったんですよねえ。私としたことが……クフッ」

「カシラ、どうしたんです？」

「いいえ。ちょっと実験をさせてください」

「……」

何か言いたそうにする千切へ、輪廻が言う。

「ご安心ください。皆《みな》さんには傷ひとつ、つけませんから」

輪廻は会員たちの間をかいくぐり、糸をほうぼうへ張《は》り巡《めぐ》らせる。まるでレース編みでもしているかのように繊細《せんさい》な模様が描《えが》かれ――輪廻と千切の前へ、巨大《きよだい》な蜘蛛《くも》の巣が出現した。

輪廻が軽く片手を握《にぎ》り込むと、あっという間に蜘蛛の巣が巾着《きんちゃく》状に窄《すぼ》まり、会員たちを包み込んだ。

「クフッ、これでうるさいハエは追い払えました。さあ叔父貴、彼を仕留めてください」

千切が狐島めがけて突進《とっしん》する。会員たちが一斉《いっせい》に銃《じゅう》を抜き、歌いながら千切へ狙いを定めた。

「らら♪　らら♪　幸せ〜♪　自分を♪　抱きしめて♪　愛そう♪　自分を♪　好きになろう♪」

「生きづらい♪　世界だけど♪　自分が変われば♪　世界も変わる♪」

「愛そう♪　世界を♪　手を♪　取り合おう♪」

口々に叫《さけ》び、引き金を引く。

たん、たん、たんっ。

四方八方から、弾丸《だんがん》が千切めがけて飛んでくる。

千切は地を蹴《け》り、大きく跳躍《ちょうやく》すると——

「おぉおおおおおおおおッ！」

会員たちの頭を飛び越《こ》え、狐島めがけて飛び膝蹴《ひざげ》りを食らわせた！

「……がッ……！」

狐島の体が吹っ飛び、もんどり打って廊下《ろうか》へ倒れた。

「【先生】！」

「【先生】！　しっかりしてください！」

会員たちが千切を取り囲もうとする。狐島が倒れたまま手を挙げ、彼らを制した。

「皆さん、私なら大丈夫《だいじょうぶ》です。これは私にとって、ひとりで乗り越えなくてはならない【試練】……この【試練】に立ち向かい、私はよりいっそう【魂のランクアップ】に挑《いど》みます。ですから皆さんは部屋へ戻《もど》り、それぞれの【タスク】に励《はげ》んでください」

「……【先生】がそうおっしゃるなら、従います」

「【試練】を乗り越え、私たちをより高みへ導いてください」

会員たちは口々に言うと、歌いながら廊下の向こうへと消えていった。

「ららら♪　ららら♪　幸せ〜♪　自分を♪　抱きしめて♪　愛そう♪　自分を♪　好きになろう……」

甲高《かんだか》い歌声が、徐々《じょじょ》に遠ざかっていく。やがて、歌声は聞こえなくなった。

「……さすがに、彼らへみっともないところは、見せたくないからね」

痛みに顔をしかめて狐島が笑う。こんな時まで爽《さわ》やかさを漂《ただよ》わせているのは、もはや尊敬に値する。

「あなたがいなくなった後、彼らの洗脳は解けるんですか？」

千切の問いかけに、狐島は真っ暗な廊下《ろうか》の向こうを眺《なが》めながら答える。

「どうだろうね。自分の意思で考えることを放棄《ほうき》した人間は、僕の【能力】が解けても、別の似たようなモノに引っかかるんじゃないかな」

「他人事《ひとごと》なんですね。彼らの人生をくるわせた自覚は、あるんですか？」

千切に苛立《いらだ》ちをぶつけられ、狐島が苦笑する。

「……人聞きが悪いなあ。僕は彼らを、救ってあげたのに」

「救う？　罪のない人たちをこんなところへ閉じ込め、犯罪の片棒を担がせておいてよく言えますね」

「彼らは何かにすがってなければ壊れてしまうような、脆《もろ》くて弱い人たちだ。だから【タスク】が必要なんだよ。やるべきことを与《あた》えられないと不安な人間の方が、この世の中には多いんだ」

「そんな人間は、勝手に淘汰《とうた》されたらいいでしょう」

輪廻が苦々しげに言うと、狐島がくっと喉《のど》を鳴らした。

「ああ。キミみたいな人には、永遠に分からないだろうねえ」

「理解したくもありませんがね」

狐島は、右手を広げて千切へ差し出した。

「……僕を、逮捕《たいほ》するんだろう？」

「……残念ながら」

「……キミに逮捕されるなら、本望だよ」

狐島は弱々しく笑い、ポケットからスマホを取りだした。

「……でも、僕にもプライドってものがあってね。醜態《しゅうたい》を晒《さら》してまで生きたくはないんだ」

狐島がスマホをタップする。すると時計のような音と共に、アナウンスが鳴《な》り響いた。

『爆弾《ばくだん》をセットしました。爆発まで、あと十分です』

「……ッ！」

「どうせ死ぬならキミたちも一緒《いっしょ》だ。集団自殺の巻《ま》き添《ぞ》えになって名誉《めいよ》の殉職《じゅんしょく》。悪くない筋書きだろう？」

「あなたという人は……！　爆弾はどこに設置したんですか!?」

千切が狐島の肩《かた》を掴《つか》んで揺《ゆ》さぶった。

「ハハ、教えるわけないだろう？　キミはこんな時までまっすぐだねえ」

狐島がニヤニヤと意地の悪い笑みを浮《う》かべる。

「こうなったら、しらみつぶしに探します！」

走りだそうとした千切の腕を、輪廻が捕らえる。

「今さら在りかを探しても無駄《むだ》でしょう。彼の言うとおり、美しく散ることにしましょう」

「何を言ってるんですか！」

「引き際が肝心ですよ、叔父貴《おじき》？」

それでも、千切は輪廻の手を振り払おうともがく。輪廻はさらに力を込めて、千切の腕を摑《つか》み続けた。

『爆発まであと十秒。……九、八、七、六、五──』

無機的なアナウンスが、スマホから響く。

「もうすぐ、終わりだね」

狐島が握りしめたスマホをちらりと見やり、しみじみとつぶやく。千切は悔《くや》しさを滲《にじ》ませて、唇《くちびる》を噛《か》みしめた。

「こんな、大勢を巻き込んだ心中みたいな終わり方……最悪だ」

「最悪だから、いいんだよ。さあ、タイムアップだ」

狐島が口元に諦《あきら》めを漂《ただよ》わせた笑《え》みを浮《う》かべる。そしてついに、カウントダウンが終わりを告げた。

『四、三、二、一──ゼロ』

群青色の夜空が、閃光《せんこう》で白く染まる。爆発音が辺りに轟《とどろ》き──

ぽん、ぽん、ぽん。

ポップコーンが弾《はじ》けるような音がして、花火と共に編みぐるみたちが、空高く打ち上がった。

「……は？」

狐島が呆然《ぼうぜん》として空を見上げる。輪廻がニッコリと笑って、窓の外を指さした。

「すみません、ちょっと差し替《か》えさせていただきました。こちらの方が可愛いでしょう？」

「差し替えって……どうやって……？」

「菜園のピーマン、とても美味《おい》しかったです」

狐島がハッと息を呑《の》んだ。

「……キミも、人が悪いなあ」

「クフッ、よく言われます」

輪廻が思い切り口角をつり上げる。狐島は全てを諦めたように四肢《しし》を投げ出し、乾《かわ》いた笑いを漏《も》らした。

「無様だなぁ。本当に無様だ。せめてカッコ良く散らせて欲しかったよ」

「……自殺に、格好良いも悪いもありませんよ」

狐島を見下ろし、千切が淡々《たんたん》と語りかける。その眼差しには、哀《あわ》れみが浮かんでいた。

「信じてもらえないかもしれないけど。僕は本当に、皆を救いたかったんだよ。優しい世界を、作りたかったんだ」

「……寄付では、足りなかったんですか？」

千切がぽつりと言う。狐島は、悲しそうに笑った。

「そうだね。全然足りなかった。それどころか、寄付と称《しょう》して金を集め、着服している団体すらあったよ。結局、弱い人間は搾取《さくしゅ》されるんだ」

「……出世して、そんな世界を変えるって言ってたじゃないですか」

「そう甘くはなかったよ。結局どこまで行っても、パワーゲームを繰《く》り返すだけ。弱い人間は……ただ、うち捨てられる」

「だから、こんなことを……？」

「……ここにいる人間の中には、過酷《かこく》な環境《かんきょう》から逃《に》げてきた人たちもいる。正気のままじゃ、心が壊《こわ》れてしまうんだ」

「全部言い訳ですよ、見苦しい。結局あなたは、ただのインチキ自己啓発《けいはつ》セミナーの首謀《しゅぼう》者《しゃ》でしかないんですから」

空に溶《と》けてゆく花火の残滓《ざんし》を見送りながら、輪廻が言い捨てる。

「ハハ。キツいなあ……でも、その通りだ」

狐島は目を閉じ、つぶやいた。

「……カシラ。私はここへ残ります。あなたは戻ってください」

千切が狐島の横へしゃがみこむ。

「では、お言葉に甘えて。叔父貴、またあとで」

輪廻が片手を上げて、歩き出す。

昇降口《しょうこう》から外へ出ると、白い光に照らされる。

いつの間にか、夜が明けていたようだ。

輪廻は目を細め、朝焼けに染まる空を見上げた。


「カシラ！　無事だったんですね……！」

車へ戻ると、舎弟たちが涙《なみだ》を浮かべて、輪廻を出迎《でむか》えた。

「待たせてすみません。鷹山は？」

「それが……行くところがあるから、先に戻っていてくれと」

「そうですか」

おそらく、彼は千切と合流したのだろう。あとは様式に従い、粛々《しゅくしゅく》と処理が行われるはず。

「用事は済みましたし、蜘蛛縫の屋敷《やしき》へ戻りましょう」

「え？　あの、叔父貴は？」

「どうせ勝手に戻《もど》ってきますよ。さあ、もう戻りましょう。親父《おやじ》に心配をかけてしまう」

「でも、どうやって？」

「この車をお借りすれば、いいじゃないですか」

輪廻が助手席の背もたれに体を預けて、足を組む。もう出発するのは既定《きてい》路線だと言わんばかりに。

それを見た万亀川が慌《あわ》てて、運転席へと移動した。

「じ、自分が運転します！」

「ええ、よろしく頼《たの》みますよ」

万亀川がエンジンをかけ、シフトレバーを動かす。足踏み式のパーキングブレーキペダルをグッと踏《ふ》み込んで離《はな》すと、車がゆっくりと動き始めた。

車は山道を、ゆっくりと下っていく。日はすっかり昇《のぼ》り、木々を明るく照らしている。

「カシラ、ラジオつけていいッスか？」

運転席の万亀川が、輪廻へ尋《たず》ねる。

「構いませんよ」

万亀川がラジオのスイッチを入れる。がさついたアナウンサーの音声が、スピーカーから聞こえてきた。

『速報です。本日早朝、天鷲山の中学校で爆発《ばくはつ》音があり、付近の住民の通報で駆《か》りつけた警察官が、激発物破裂罪で男を現行犯逮捕《たいほ》しました。男は、住所不定無職の、狐島縒人容疑者——』

「クフッ……無事に終わったようですね」

「カシラ、今何か言いました？」

「いえ、別に」

輪廻は窓へと顔を向けて、流れて行く山々を眺《なが》めた。

エピローグ

——廃校《はいこう》での出来事から、しばらくが経った。

取り調べの結果、狐島がドラッグを製造、密売していたことが明らかになり、容疑を切り替えて再逮捕《さいたいほ》されたらしい。元公安警察官の不祥事《ふしょうじ》とあって、世間は大いに盛り上がっているようだ。

警察の捜査《そうさ》で、アジトにしていた廃校からは大量のドラッグが発見された。さらにナチュラルドラッグを栽培《さいばい》、精製する施設《しせつ》の建設計画の書類なども押収された。

【無常】のメンバーと田鼈は国外へ逃亡《とうぼう》。国際指名手配をくらっているようだ。

蜈蚣組にも捜査が入り迷惑《めいわく》していると組長がぼやいていたらしい。

「——売人叩《たた》きから、ずいぶん大きな話になってしまったねえ」

輪廻から一部始終を聞いた正太郎が、愉快《ゆかい》そうに微笑《ほほえ》んだ。彼にとっては一連の事件も、千切と輪廻のちょっとした冒険譚《ぼうけんたん》に過ぎないのだろう。

「ええ。ですがこれで、ウチのシマも平和になるでしょう」

「そうだね。これもお前たちの働きあってこそ。僕は本当に、良い家族に恵《めぐ》まれたよ」

正太郎がふっと目を細める。

「でも、まだ解決してない件がひとつあるんじゃないか？」

「ああ……それはもういいんですよ。たいしたことではないので」

「母親殺しの汚名《おめい》を着せられているのに、かい？」

千切の悲痛な叫《さけ》びが、輪廻の脳裏をよぎる。

『とぼけるな！　狐島警視が全部教えてくれたんだ。お前がヤクザの組員を半殺しにしたせいで、抗争《こうそう》が起こったって！』

狐島の捏造《ねつぞう》した情報だが、実は真っ赤な嘘《うそ》というわけでもない。

輪廻がまだ少年だった頃《ころ》、ヤクザとやりあったのは本当だ。だが、それは輪廻がまだ蜘蛛縫組へ入る前の話。

相手のヤクザが、カタギの子どもに叩きのめされたとあってはメンツが立たないと、当時対立していた蜘蛛縫組へありもしない因縁《いんねん》をふっかけ、抗争へ持ち込んだ――というのが真相である。

輪廻が、ふっと笑みをこぼした。

「世の中には、知らなくていいこともありますから」

「へえ、お前にも義理人情ってもんが分かってきたようだね」

「さあ、どうですかねえ。そっちの方が、面白くなりそうだと思っただけですよ。クフフッ」

義侠任侠《ぎきようにんきよう》　義理人情。くだらない妄想《もうそう》だ。

ただ千切が自分を憎《にく》むことで生きる理由を得られるなら、真実などどうだっていい。その方が、輪廻としても長く楽しめるのだから。

「そうだ、今度お前たちの働きをねぎらう会を開こうと思っているよ。五組長会議の人間も呼んで、ね」

「それはそれは。身に余る光栄です」

「これからも組のために、しっかり働いてもらうよ」

「親父のためなら、なんなりと」

輪廻が腰《こし》を折り、慇懃《いんぎん》に頭を下げた。


部屋を出ると、千切が庭を眺めているところだった。

「叔父貴《おじき》、いらしてたんですね」

輪廻も隣《となり》へ立ち、一緒《いっしょ》に庭を眺める。

田鼈が派遣《はけん》したゴロツキどもに枝を折られた松の木は、馴染《なじ》みの庭師に手入れしてもらいどうにか仕立て直せた。

一時は荒《あ》れ果《は》てていた庭も組員総出で修復を行った結果、元の姿を取り戻しつつある。

「親父に挨拶《あいさつ》をと思いまして。カシラにも、お世話になりました」

千切が深々と頭を下げた。

千切の処遇《しょぐう》については、正太郎と幹部の間で議論になった。千切の取った行動は仁義に反する、エンコを詰《つ》めるなり何なりケジメをつけるべきだと迫《せま》る幹部連中を、正太郎はのらりくらりと躱《かわ》しておとがめなしの決定を下した。

輪廻はどちらにもつかずに様子を見守っていたが、正太郎の判断が妥当《だとう》だと考えている。だが、それは内部での決定であり、千切の意思ではない。千切自身がどう考えているのかは、まだ誰《だれ》にも知らされていないのだった。

「まるで組から去るような言いぐさですね。もしかして本当に、どこかへ行かれるんです？」

「いえ。まだ蜘蛛縫組に籍《せき》を置くつもりですよ。やり残したこともありますから」

「それは良かった。親父も今回の件で、叔父貴へ全幅《ぜんぷく》の信頼《しんらい》を寄せているようですから。ぜひこれからも、親父の良き相談相手でいてください」

千切の目の奥に、一瞬《いっしゅん》昏《くら》い炎《ほのお》が灯る。だがそれはすぐに消え、いつもの穏《おだ》やかな眼差しへ戻《もど》った。

——思っていたとおりだ。狐島の洗脳が解けても、千切が輪廻へ抱《いだ》く殺意は薄《うす》れていない。子どもの時に信じ込まされた記憶《きおく》は、ずっと彼の中に残り続けている。

『一般人《いっぱん》には、絶対に危害を加えないでください』

何度も何度も千切が口にした、その言葉。もしかしたら、母親がヤクザの抗争に巻き込まれたことに起因しているのかもしれない。だが、それもただの憶測《おくそく》だ。

千切が輪廻を付け狙《ねら》う限り、輪廻に平穏《へいおん》は訪れない。それは、輪廻自身が望んだことでもある。

『彼を殺したら――私があなたを撃《う》ちます』

あの時自分に向けられた、混じりっけなしの純粋《じゅんすい》な殺意。

また、あの時の高揚《こうよう》を味わいたい。だからこそ輪廻は、千切へ真実を告げないと決めたのだ。

（いつでもかかってきてくださいよ、叔父貴。全力でお相手しますから）

「ところで、これから玉繭地区浄化《じょうか》委員会の活動を行うのですが、叔父貴も一緒にいかがです？」

「いえ、私はこれから親父《おやじ》へ挨拶をしに行きますので」

「おや残念。ではまたの機会に」

輪廻がその場を辞して、正門へ向かう。

するとどこからともなく舎弟たちが現れ、輪廻の周りへ集まってきた。

「カシラ、どちらへ行くんです？」

「いつもの、シマの見回りですよ」

「俺らもお供させてください！」

主人に忠実な大型犬のように、目をキラキラと輝《かがや》かせてまとわりつく。

輪廻は意気揚々《いきようよう》と、肩《かた》にかけた刺繍《ししゅう》入りのジャケットを翻《ひるがえ》した。

「さあ、今日も玉繭地区の平和を守りに行きましょう」

あとがき

この度は『#コンパス 戦闘摂理《せんとうせつり》解析《かいせき》システム 糸廻輪廻《いとめぐりりんね》、虚々実々《きょきょじつじつ》 蜘蛛《くも》と蜥蜴《とかげ》の不協和音《ディスコード》』をお読みくださり誠《まこと》にありがとうございます。紅原香《べにはらかおる》と申します。

「ノベライズをやってみませんか？」と担当さんにお声がけいただき、輪廻というキャラを知ったのですが、『黒髪《くろかみ》スーツメガネで独占欲《どくせんよく》が強い天然 人懐《ひとなつ》っこい変態であみぐるみ作りが趣味《しゅみ》の極悪非道の若頭』という強烈《きょうれつ》なキャッチフレーズに、まず圧倒《あっとう》されてしまいました。私の好きが詰《つ》まってる！

何よりマノ先生のキャラデザがとても素晴《すば》らしく、即《そく》ノックアウトされて「やります！やらせてください！」と即答《そくとう》したのでした。

そしてフェスへ参加し、ユーザーの皆《みな》さんの熱気を感じて、これは良いものにしなくてはと身が引き締《し》まる思いでした。

アプリも操作に不慣れでオタオタしつつ、楽しくプレイしております。輪廻を手に入れられたので、ログインしたらいつでも会えるのが最高ですね！

担当さんと「輪廻はこういう時どうするんだろう？」と打ち合わせを重ね、熱く語り合いながら彼の人となりを深掘《ふかぼ》りしていきました。

極悪非道といいつつも、親父《おやじ》を尊敬していたり、なんだかんだで舎弟《しゃてい》たちの面倒《めんどう》を見ている彼は、誰《だれ》よりも自分の信念に忠実なだけなのではないかなと思っています。お嬢《じょう》への偏愛《へんあい》ぶりもなんだかんだで紳士的《しんし》（？）ですし。

その全《すべ》てがあのキャッチフレーズに凝縮《ぎょうしゅく》されているんですよね。多分！

そして千切《ちぎり》というキャラクター。謎《なぞ》に包まれた彼が、輪廻と相対しつつどう共闘《きょうとう》していくのか……試行錯誤《さくご》しつつ、担当さんと練り上げていきました。

真面目《まじめ》で融通《ゆうずう》が利《き》かない正義感溢《あふ》れる彼ですが、輪廻と正反対に見えて、自分の信念を貫《つらぬ》き通すという根っこは同じなんですよね。だからこそ対立しつつも、共鳴するのではないかと。

狐島《こじま》は、実はもっとくたびれたおっさんだったのですが、担当さんの「イケオジにしましょう！」のひと言で今の彼になりました。

結果マノ先生のキャラデザにより輪廻が言う「最高に胡散臭《うさんくさ》い」イケオジに仕上がってしまい、めちゃくちゃいいじゃん……と震《ふる》えました。おかげでやってることは最悪なんだけど、元は慈愛《じあい》に満ちた優《やさ》しく、そして弱い人間という今のキャラが出来上がりました。

田鼈《たがめ》はわかりやすく脳筋キャラなんですが、意外としぶとそうなので逃亡《とうぼう》先の海外で楽しくやってる気がします（笑）。

こうしてキャラについて書いてみると、この物語はそれぞれの「信念」のぶつかりあいがテーマなのでは？　と改めて思いました。書き上がってから気づくなよって感じですが。

どのキャラも魅力《みりょく》的でとても執筆《しっぴつ》が楽しく、終わってしまうのが惜《お》しいくらいでした。機会があれば輪廻と千切、そして蜘蛛縫組《くもぬいぐみ》の面々についてのお話を、また書いてみたいです。

この作品の執筆に当たって、たくさんの方々のご協力をいただきました。

まずは、素敵なイラストを描《か》いてくださったマノ先生。送られてくるイラストを励《はげ》みに、この本を書き上げることが出来ました。

そして、伴走《ばんそう》してくださった担当N様。時には萌《も》えをぶつけあい、時には冷静なアドバイスをくださり、一緒《いっしょ》に物語を作ってくださいました。私が作家でいられるのはN様のお陰《かげ》です。

そして、ご協力くださった関係各所の皆様《みなさま》に、心より御礼《おれい》申し上げます。

またどこかでお会いできることを願って。

紅原　香

「#コンパス 戦闘摂理解析システム 糸廻輪廻、虚々実々 蜘蛛と蜥蜴の不協和音」の感想をお寄せください。
おたよりのあて先
〒102-8177 東京都千代田区富士見2-13-3
株式会社KADOKAWA 角川ビーンズ文庫編集部気付
「紅原 香」先生・「マノ」先生
また、編集部へのご意見ご希望は、同じ住所で「ビーンズ文庫編集部」
までお寄せください。

#コンパス 戦闘摂理《せんとうせつり》解析《かいせき》システム 糸廻《いとめぐり》 輪廻《りんね》、虚々実々《きょきょじつじつ》

蜘蛛《くも》と蜥蜴《とかげ》の不協和音《ディスコード》

著／紅原《べにはら》 香《かおる》

原案・監修／#コンパス 戦闘摂理《せんとうせつり》解析《かいせき》システム

角川ビーンズ文庫 24122

令和6年4月1日 初版発行

発行者――――山下直久
発 行――――株式会社KADOKAWA
〒102-8177 東京都千代田区富士見2-13-3
電話 0570-002-301（ナビダイヤル）
印刷所――――株式会社暁印刷
製本所――――本間製本株式会社
装幀者――――micro fish

●お問い合わせ
https://www.kadokawa.co.jp/ （「お問い合わせ」へお進みください）
※内容によっては、お答えできない場合があります。
※サポートは日本国内のみとさせていただきます。
※Japanese text only

ISBN978-4-04-113973-8 C0193 定価はカバーに表示してあります。 ◇◇◇

戦闘摂理
解析システム
#コンパス

シリアルコード

『#コンパス～戦闘摂理解析システム～』のゲーム内で、
ヒーロー糸廻輪廻が手に入る!

コード RINNE_NOVEL

【有効期限】2024年3月29日～2027年3月28日23:59

※かならず半角英字(大文字)で入力してください。

入力サイト▸▸▸▸▸▸▸▸

https://app.nhn-play-art.com/compass/serial.nhn

シリアルコード入力手順

①「#コンパス」を起動後、ゲーム内　設定▸その他にあるお問い合わせより
「お問い合わせ番号」をコピー。

②上にある「二次元コード」もしくは「URL」からシリアルコードの入力サイトにアクセス。

③お問い合わせ番号をペーストし、「キャンペーンの種類」から
『ノベル「蜘蛛と蜥蜴の不協和音」』を選択。

④シリアルコードを入力し、「受け取り」をタップすると、ゲーム内でアイテムが支給されます。

注意事項

●本特典の受け取りには「# コンパス～戦闘摂理解析システム～」のインストールが必要です。最新のアップデートを適用のうえご利用ください。●本シリアルコードの使用は 1 アカウントにつき 1 回のみ有効です。かならず通信状態のよい場所で入力してください。●ダウンロードに際し発生する通信料などは、お客様のご負担となります。●本特典の仕様は予告なく変更になる場合があります。●期限内でもシリアルコードの入力受付を終了する場合があります。ご自身の過失による本特典の過失、盗難、破損での再発行、返品、返金には応じかねます。本シリアルコードの第三者への配布や、譲渡、転売、オークションへの出品は固くお断りいたします。

#コンパス
ヒーロー観察記録
著／香坂茉里《こうさかまり》
イラスト／桐谷《きりたに》、たま、藤《ふじ》ちょこ
原案・監修／#コンパス戦闘摂理解析《せんとうせつりかいせき》システム
ヒーローたちの素顔が今明かされる！
大人気ゲーム待望のノベライズ登場！
大人気ゲーム「#コンパス 戦闘摂理解析システム」より
3人のヒーローを描く珠玉の短編集が登場！
「case.1 マルコス '55」
――気づけばマルコス '55 は『魔法少女リリカルルカ』の存在しない世界に!?
「case.2 狐ヶ咲甘色」
――祭りで出会った不思議な少女・嘉月と捜し物をする甘色だが？
「case.3 青春アリス」
――隣の席の白秋君と距離が縮まらないアリスの恋心は……？
これは、いつかどこかでありえたかもしれない彼らの物語。
好評発売中！
●角川ビーンズ文庫●